# 미안해 스이카

いじめ14歳のMessage

IJIME 14-SAI NO MESSAGE
by Miki HAYASHI
©1999 Miki HAYASHI
All rights reserved.
Original Japanese edition published by SHOGAKUKAN
Korean translation rights arranged with SHOGAKUKAN
through THE SAKAI AGENCY and YU RI JANG LITERARY AGENCY.

# 미안해 스이카

いじめ14歳のMessage

하야시 미키 지음 ｜ 김은희 옮김

다산책방

따돌림은
이미 아이들만의 문제가 아니다.

　　　　　　　　　　　　　　　　　　- 기타지마 다카시喜多嶋隆

　이 이야기의 어디까지가 작가의 경험인지 나는 모른다.
하지만 상관없다. 작가의 지극히 개인적인 경험을 토대로
하고 있다 해도, '집단 따돌림'은 이미 모든 학교에서 겪을
수 있는 일이 되었기 때문이다.
　이 이야기는 그 현장에서 직접 아파하고 주저앉았다가
다시 일어난 한 소녀의 목소리를 담고 있다. '왕따의 현장'
을 담은 생생한 보고서라고 생각해도 좋다. 어느 쪽으로
생각하든 모두 의미가 있다.

이 책을 처음 받아들었을 때가 생각난다. 나는 이 책을 읽고 난 후 마음이 복잡해져 깊은 생각에 빠졌다.

'왜 우리는 이런 문제를 고민해야 하는가. 왜 이 지경까지 돼버렸는가.'

물론 내가 어렸을 때도 따돌림은 있었다. 분명 편 기르기가 있었고, 튀는 애와 그렇지 못한 애가 있었다. 존재감이 강한 애와 존재감이 거의 없어서 있는 듯 없는 듯한 애가 있었다. 하지만 그때는 지금처럼 악의적이지 않았다. 심술궂긴 했지만 이렇게 지독하지는 않았다. 좀 더 단순했고, 어쩌면 정말 가벼운 장난에 지나지 않는 수준이었다.

아이는 어른들을 보고 배운다. 아이들 사회가 이렇게 암울해졌다는 것은 우리 어른들의 사회가 그렇다는 뜻이다. 그러니 이 '따돌림'이라는 문제는 비단 아이들만의 문제가 아니다. 학교뿐 아니라 회사에서도 은근한 따돌림이 일어나고 있는지 모른다. 그것은 대학교로, 직장으로, 노인사회로 아니면 가족 간으로 번질 수도 있다. 아이가 학교에서 따돌림을 당하고 있을 때 그 아버지가 회사에서 똑같이 그런 아픔을 겪고 있을지도 모른다.

이것은 확실히 병적인 현상이다. 그리고 이 책은 그런

현상에 대한 하나의 분명한 경고다.

그러니 진심으로 부탁한다. 이 책을 아이에게만 권하지 말고 어른들도 직접 읽기를. 그리고 함께 모여서 서로의 마음을 나눠보기를. 분명 작지만 소중한 변화를 이끌어낼 수 있을 것이다.

죽는다는 것은,
그리고 산다는 것은.

– 나나우미 카온七海花音

죽어버린 것은 절대로 돌아오지 않는다.

무슨 짓을 해도 마찬가지다.

그런 것쯤이야 이미 알고 있는 사실이라고 생각하겠지
만 정말 그럴까. 정말로 죽는다는 것의 의미를 알고 있을
까. 나 역시 그랬다. 알고 있다고 생각했다. 하지만 이 소설
을 읽고 나서 생각을 바꿨다. 알고 있다고 믿었지만 사실
은 잘 모르는 게 아닐까, 하고 말이다.

청소년들이 읽는 책은 비교적 착하다. 온갖 고난을 겪던
주인공도 어느 순간 구원을 받는다. 그래서 주인공이 자살
하거나 혼자 쓸쓸히 죽어버리는 내용은 드물다. 설사 죽

을 만큼 괴로워서 자살을 결심했다 하더라도 마지막 순간에는 어떻게든 상황이 바뀐다. 다시 용기를 내서 살아가는 것으로 끝을 맺는다. 그러니 청소년 소설에서 주인공이 죽는다는 건 꽤나 금기시된 전개다.

그런데 이 책의 주인공은 오랜 시간 괴로워하고 방황하고 고민하다가 어느 날 스르륵 이 세상을 저버린다. 이러한 전개는 책 읽는 사람을 불편하게 만든다. 그렇기 때문에 '팔레트노벨상(일본 출판사 쇼가쿠칸小學館이 주최하는 청소년문학상)' 심사위원단은 이 소설을 놓고 여러 번 회의를 할 수밖에 없었다. 죽음이라는 결말 대신 어떤 식으로든 도움을 받는 주인공의 모습을 그리는 게 더 좋지 않겠냐는 의견이 쏟아져 나왔다.

하지만 우리는 현실을 받아들였다. 지금 이 순간에도 따돌림을 견디다 못해 죽음을 택하는 어린 생명들이 있는데 과연 아름다운 결말만을 보여주는 게 옳을까.

죽지 말아야 한다는 것은 누구나 알고 있다. 하지만 죽지 않고서는 도저히 살아갈 수 없는 아이들이 있는데 언제까지나 눈 가리고 있을 수만은 없다. 현실을 똑바로 바라봐야 한다. 사랑스러운 아이들이 마지막 작별 인사도 하지 않은 채 어느 날 문득 사라져버리는 상황, 이 납득하기 힘든 현실과 그로 인한 충격. 남은 가족들의 슬픔과 치유할 수 없는 상처…….

그래서 우리는 이 책을 선택했다.

이 책을 읽고 나면 누구든 살고 싶어진다.

겨우 열네 살밖에 안 됐지만, 이 책의 저자는 자신의 경험을 통해 죽음과 삶의 의미를 절실하게 풀어놓았다. 어린 소녀의 눈으로 본 세상은 냉혹하지만 그녀는 그 틈에서도 따뜻한 희망의 빛을 발견했다.

그렇기 때문에 이 책을 읽고 나면 '그래도 살아야겠다'는 생각이 든다. 비록 죽음을 다루고 있지만 이 책은 결코 비관적이지 않다. 오히려 '삶의 축복'과 '새로운 희망'을 전해준다.

이 책의 메시지가
세상 곳곳에 닿을 수 있다면.

- 와카바야시 마키若林眞紀

가슴이 아팠다. 아프고 아파서 견딜 수 없었다.

제18회 팔레트노벨상 최종심사에 올라온 작품. 이 소설은 한 소녀의 진심 어린 고백이자 뜨거운 외침이었다. 원고 가득 적혀 있는 가냘픈 글씨체. 고백하건대 결코 뛰어난 문장이라고는 할 수 없었다. 하지만 나는 문장과 문장 사이에서 흘러나오는 긴박감과 절실함에 압도됐다.

처음에는 열네 살 어린 소녀가 집단 따돌림이라는 무거운 주제를 선택했다는 데 꽤 놀랐다. 하지만 곧 열네 살이기 때문에 이런 글을 쓸 수 있었다는 생각이 들었다. 주인공의 비통한 외침에 저절로 가슴이 아렸다.

사람의 마음은 지극히 복잡해서 한 가지로 정의 내릴 수 없다. 하지만 순수했던 마음을 잃고 싶지 않은 것은 누구나 마찬가지다. 세상의 때가 묻더라도 깨끗한 마음의 한 귀퉁이는 영원히 간직하고 싶은 마음, 누구나 그런 마음을 갖고 있다. 그래서 가끔씩 착한 일도 해보고 싶고, 남을 도와주고 싶은 마음도 불쑥 생기는 것이다. 자신을 소중하게 생각하는 것처럼 남도 소중하게 대접해주고 싶을 때가 있다. 이런 마음만 잘 간직한다면 집단 따돌림 같은 건 싹 사라져버릴 것이다.

집단 따돌림, 그것은 사실 단순한 문제다.

'살면서 해도 되는 일, 절대 해서는 안 되는 일' 단지 이 두 가지만 잘 구분하면 된다. 결코 복잡하지 않다. 그럼에도 집단 속에 들어가면 사람들은 이 간단한 사실을 잊어버린다. 이 얼마나 슬프고 안타까운 일인지.

이번 작품은 꽤나 생생하다. 가슴 아픈 내용을 꾸미지 않고 얘기한다. 물론 선정위원단 사이에서도 이 작품에 대한 논의가 여러 번 이루어졌다. 그러나 결국 이 작품이 특별하며, 실제로 특별하게 다루어져야 한다는 데 의견의 일치를 보았다. 책을 읽다 보면 그러한 마음이 이해될 것이다.

이 책은 아직 무르익지 않았지만 충분히 읽을 만한 가치가 있다. 아이들뿐 아니라 부모님이나 선생님들에게도 권하고 싶다. 이 책이 말하는 메시지를 가슴 깊이 받아들이고 '마음의 모습'이 어때야 하는지 이번 기회에 생각해보길 바란다.

# 마지막 쪽지 P.S.

지금부터 내가 하는 말, 잊지 않겠다고 약속해줄래?

너도 알잖아.

삶이 항상 신나고 재미있지만은 않다는 걸.

가끔은 살아 있는 게

너무 쓸쓸하고, 외롭고, 괴로울 때가 있다는 걸.

그 괴로움의 무게가 너무 버거워서

숨조차 쉬기 힘들 때가 있다는 걸.

하지만 말이야.

어떤 상황과 마주치더라도 꼭 기억해야 할 게 있어.

절대로 자신의 목숨을 버리지 말 것!

숨 쉬고 있어야 도망 갈 수 있지.

살아 있어야 악을 쓰고, 맞서 싸울 수 있는 거야.

더 이상 희망이 없다고 소리치고 싶을 때라도 말이야.


'난 살아 있어도 아무 의미 없는 존재야.

아무도 날 필요로 하지 않아!'


아니, 그건 거짓말이야.

모든 사람은 누군가를 사랑하고

사랑받기 위해 태어났어.

나는 이 사실을 너무 아프게 깨달았어.

그러니까 너는……

너만은…… 잊지 말아줘.

절대로 자신의 목숨을 버리지 말 것.

목숨을 버린 것처럼 살지 말 것.

# 1

"야, 숙제했어?"

"뭐? 숙제 있었어?"

"당연하지. 수학책 103쪽부터……."

소란스러운 교실. 여자 아이들의 높고 가느다란 목소리가 교실 이곳저곳을 꽉 메우고 있었다. 특별할 것 없는, 언제나 똑같은 평범한 풍경이었다. 하지만 나는 그 일상이 얼마나 행복한 것인지 그때까지만 해도 전혀 깨닫지 못하고 있었다.

모두가 함께하는 2학년 3반이 얼마나 행복한지를.

2월이 거의 끝나가고 있었다. 하지만 창문 너머로 보이는 세상은 여전히 은빛으로 반짝였다.

온통 새하얗고 눈부신 세계. 희고 폭신폭신한 눈 모자를 쓴 나무들. 생크림 케이크처럼 달콤해 보이는 운동장. 차갑게 빛나는 겨울 산.

눈으로 볼 수 있는 모든 것들이 하얗게 반짝이고 있었다. 눈물이 날 정도로 깨끗하다는 건 이런 느낌일까?

무덤덤하게 하루하루를 보내고 있는 듯해도 사실 나는 이곳이 무척 좋다. 끝없이 이어질 것 같은 저 새하얀 길도, 교정에 서 있는 눈사람도. 지금 내가 보고 있는 것, 이 모든 것 하나하나 전부.

여름이 되면 또 얼마나 멋있는지.

쨍하게 반짝이는 하늘, 밤만 되면 촘촘히 빛나는 별들.

그곳에 바로 우리들이 있었다.

모두가 함께하는 이곳.

아무것도 변한 게 없는 2학년 3반.

그랬다. 모든 게 예전과 똑같았다.

……나를 제외하고는 아무것도 달라진 게 없었다.

내 이름은 스이카. 다치야마 스이카다.

중학교 2학년이고 열네 살이다. 특별활동으로는 배구부를 선택했다. 타고난 재능이 있는 건 아니지만 열심히 하려고 노력중이다.

공부는…… 뭐 그냥 보통이다. 2학년이 100명쯤 되고 그 안에서 50등 정도 하니까 그야말로 딱 평균인 셈이다.

그런데 지금은 날이 갈수록 성적이 떨어지고 있다.

"더 열심히 해야 한다. 지금이 아니면 앞으로 점점 더 힘들어져. 지금이 가장 중요한 때야."

선생님이 입이 닳도록 얘기했지만 내 귀에는 그저 그런 소리로만 들렸다. 몇 개월 전만 해도 공부하는 게 즐거웠는데 이제는 완전히 흥미를 잃었다.

'성적 따위 아무려면 어때. 수학이든, 영어든, 역사든 될 대로 되라지.'

지금의 나는 다른 애들처럼 속 편하게 공부에만 집중할 수 없는 처지다.

# 2

이유가 뭐냐고?

왕따라고…… 아마 한 번쯤 들어본 적 있을 거다. 몇 년
전부터 텔레비전이나 신문에서 떠들썩하게 다루곤 했으
니까.

「중학교 학생 자살. 집단 따돌림이 원인…….」

그런 선택을 하는 애들은 지금도 많다. 나는 그때마다
이렇게 생각했다.

'불쌍해. 그렇다고 자살까지 하다니 너무 바보 같잖아.'

기사를 볼 때마다 안됐다고 생각하면서도 한편으로는
은근히 비아냥거렸다.

'하긴 뭐…… 이유 없이 왕따를 당했겠어? 당할 만하니까 당한 거겠지. 틀림없이 잘난 척하고 재수없었을 거야.'

나랑은 전혀 다른 애들이야, 이렇게 마음속으로 선을 그었다. 그런 건 나랑 절대 상관없는 일, 유별난 아이들이나 겪는 일이라고 생각했다.

하지만 이 세상에 '절대'란 없다. 어느 날 갑자기 아무것도 아닌 이유로 버려질 수 있다. 눈빛이나 말투가 싫어졌다며, 웃음소리가 귀에 거슬린다며 어제까지 반갑게 인사했던 친구들이 복도에서 차갑게 고개를 돌려버릴 수도 있다. 방과 후 함께 가기로 했던 분식집에 말없이 자기들끼리만 몰려갈 수도 있다. 그저 '넌 이제 아웃'이라는 눈짓만으로 갑자기 외톨이가 될 수 있다.

그런데 나는 왜 그렇게 자신만만했던 걸까. 왜 그런 기사들을 보면서 '털어놓으면 되지. 멍청하게 혼자 죽고 그러지?'라고 생각했던 걸까. 그렇게 단순하게.

왕따는 그렇게 단순한 문제가 아니었다. 누군가를 붙잡고 술술 털어놓을 수 있는 문제가 아니었다. '바보들의 문제'라고 생각했는데, 나와는 전혀 상관없는 일이라고 생각했는데.

나는 지금에서야 깨달았다. 왜 그 애들이 누군가에게 털어놓는 대신 옥상에서 뛰어내릴 수밖에 없었는지…….

# 3

나는 수다쟁이가 아니다. 그렇다고 말없이 구석에 앉아 있는 스타일도 아니다. 나는 나를 '어디서나 볼 수 있는 지극히 평범한 중학생'이라고 생각하고 있다. 그래도 친구는 꽤 많았다. 나도 '요코 패밀리'의 일원이었으니까.

요코 팸은 반에서 목소리가 가장 컸다. 반 아이들 대부분이 속해 있는 무리이기도 하고, '이 반은 내가 접수한다'는 표정으로 이리저리 참견하고 들쑤시고 다니는 애들이 많기도 하고, 그래서 누구도 섣불리 건드리지 않았다.

나머지 애들은 그냥 둘씩 셋씩 짝지어 다녔다.

문제될 건 없었다.

친한 애들이 따로 있기는 했지만 기본적으로 모두 사이가 좋았으니까. 끼리끼리 놀다가도 학교 행사나 축제가 벌어지면 '이얏' 하며 똘똘 뭉쳐서 단결력을 과시했다. 수업이 끝나면 우르르 몰려나가 함께 집으로 돌아가고, 잘생긴 남학생이라도 마주치면 똑같이 오오, 하며 환호성을 지르기도 하고. 점심시간에도 한자리에 모여서 줄곧 남학생 이야기에 열을 올렸다. 여학교 학생들의 눈엔 교복 입은 남학생이 꽤 멋져 보이는 법이니까.

그런데 그날은 달랐다.

누군가의 입에서…… 불쑥 그 말이 튀어나왔다.

점심시간이었고, 나는 창문에 몸을 기댄 채 보송보송 날리는 눈을 하염없이 바라보고 있었다.

그때 그 엄청난 말이 교실에 울려 퍼졌다.

2학년 3반, 가장 잘 뭉치고 사이좋기로 소문난 반에서.

"우리 게임하자. 치카 데리고."

어떤 반에든 그런 애가 있게 마련이다.

항상 무리에서 떨어져 있고, 대화에 끼지도 않고, 특별히 친한 애도 없는 애. 별 특징도 없고 조용하기만 한 애.

우리 반에도 그런 애가 있었다.

그 애의 이름은 치카였다.


요코가 다시 한 번 힘주어 말했다.

"응? 우리 치카 데리고 게임하자."

요코는 우리 패밀리의 짱이었다. 사실 다른 애들의 의견은 들을 필요도 없었다. 요코가 말하자마자 게임은 이미 시작된 거나 다름없었다. 요코가 말로는 게임이라고 했지만 그 게임이 뭘 의미하는지 눈치 못 챌 바보는 없었다. 텔레비전에서만 보던 바로 그 '왕따 놀이'가 우리 반에서도 막 시작되려는 참이었다.

나는 멍하니 밖을 보고 있다가 요코의 말에 깜짝 놀라서 턱을 받치고 있던 손을 삐끗하고 말았다.

"뭐…… 뭐라고?"

당황해서 말까지 더듬고.

"심심하잖아. 장난인데 뭐 어때?"

"잘 모르겠어."

내 말에 다른 애들이 비웃는 표정으로 대꾸했다.

"스이카, 지금 뭐라고 했어?"

"맞아. 그게 뭐 어때서? 어차피 지금 초절정으로 심심한 상태잖아."

"그냥 장난인데 뭘 그래?"

"불편하면 스이카는 그냥 보기만 해."

다들 심술궂은 미소를 흘리며 한마디씩 했다.

"게다가 치카, 요즘 우리랑 좀 친해졌다고 나대는 것 같아. 얄미워 죽겠어."

아이들의 깔깔거리는 웃음소리가 머릿속에서 메아리쳤다. 하지만 나는 더 이상 아무 말도 할 수 없었다.


게임이라고 한 건 새빨간 거짓말이다.

다음 날 치카는 추위 때문에 붉게 달아오른 얼굴을 손으로 감싸며 교실에 들어섰다.

"안녕. 아, 날씨 정말 춥다."

짧고 가벼운 인사. 하지만 그 말에 대꾸하는 사람은 한 명도 없었다. 치카는 어깨를 한 번 으쓱하더니 옆에 앉아 있는 미도리에게 다시 말을 건넸다. 하지만 미도리는 치카가 말하고 있는 것을 뻔히 보면서도 자리에서 일어나 다른 곳으로 가버렸다. 그제야 이상한 낌새를 눈치 챈 치카가 황급히 입을 다물고 주위를 둘러보기 시작했다. 그러자 모두들 고개를 돌리거나 치카가 아예 없는 것처럼 행동하기 시작했다. 곧이어 치카의 하얀 얼굴이 새빨개졌다가 새파래졌다가 급기야 창백해지기 시작했다. 당혹스러운 표정이 물감처럼 번졌다.

그다음 날도 치카는 '없는 사람'이었다.

그다음 날도, 또 그다음 날도.

이런 상황이 계속되자 치카는 반에서 완전히 외톨이가 되고 말았다. 교실에 놓여 있는 책상이나 의자, 사물함과 다를 바 없었다. 그 애는 그저 그곳에 존재할 뿐 더 이상 살아 움직이는 사람이 아니었다.

적어도 2학년 3반에서는 그랬다.

우리가 그렇게 만들었다.


상황은 점점 더 나빠졌다.

아이들은 이제 치카에게 쪽지를 보내기 시작했다. 무시무시한 말을 적어서 치카의 책상 속에 잔뜩 구겨 넣곤 했다.

— 죽어버려.

— 왕재수.

손으로 때리고 발로 차는 것만이 사람을 병들게 하는 건
아니다. 치카에게 퍼붓는 아이들의 언어 폭력은 핵폭탄보
다 더 무서웠다.

"너, 만약 학교에 안 나오거나 고자질하면 어떻게 되는
지 알지? 우린 항상 널 지켜보고 있어."

요코의 차가운 말.

치카는 그날 이후로 한 번도 결석하지 않았다. 물론 아
무에게도 말하지 않았다. 어떤 일을 당해도, 무슨 말을 들
어도, 그저 고개만 숙인 채 숨죽여 울 뿐이었다. 치카는 주
먹을 꼭 쥐고 있었다. 얼굴을 숙이고 몸을 잔뜩 웅크리고
있는 치카는 너무 작았다. 그렇게 매일매일 작아져서 언젠
가는 이 교실에서 사라져버릴 것만 같았다.

나는 마음이 불편했다.

'치카를 똑바로 쳐다볼 수 없어.'

하지만 마음과는 달리 나는 어떤 행동도 할 수 없었다.
내가 그렇게 입을 꾹꾹 다물고 있는 사이 치카는 점점 더

작아질 뿐이었다.

두려웠다.


치카를 도와주면 나까지 위험해질 거야.

다른 애들처럼 하지 않으면 나 역시 아웃당할 기야.

비겁하다고? 하지만 어쩔 수 없잖아.


이따금 치카와 눈이 마주쳤다. 치카는 가끔씩 고개를
들어 나를 쳐다보곤 했다. '우리, 초등학교 때 꽤 친했잖
아…….' 치카의 눈이 그렇게 말하고 있었다. 그럴 때 그 애
의 눈은 검푸른 바다를 한가득 담고 있는 것만 같았다. 금
방이라도 두 눈에서 무엇인가가 뚝뚝 흐를 것만 같았다.


'도와줘, 스이카.'

그 아이의 목소리가 들렸다. 우리 반 누구도 들을 수 없
었지만 내 귓가에는 치카의 고통스러운 외침이 맴돌았다.
하지만 나는 이기적이었다. 필사적으로 내 눈을 쫓는 치카
를 그보다 더 필사적으로 모른 척을 했다. 눈이 마주칠 때
마다 어색한 몸짓으로 고개를 돌렸다.

그런 시간이 날마다 계속됐다.

일주일 정도……? 아니, 더 오래였던가……?

결국 난 지치고 말았다. 그놈의 게임을 지켜보는 것도 치카의 눈길을 피하는 것도 모두 다 지겨웠다.


"힘들 땐 서로 도와야 해. 만약 따돌림받는 애가 있거나 괴롭힘 당하는 사람이 있으면 그냥 내버려 둬서는 안 돼."

엄마는 내가 어릴 때부터 그렇게 말씀하시곤 했다.

며칠 동안 그 말을 잊을 수가 없었다. 덩달아 매일 밤 내 꿈에 치카가 슬픈 얼굴로 나타났다.

"스이카는 강하니까, 용기 있는 아이니까 옳은 일은 옳다고 잘못된 일은 잘못됐다고 말할 수 있어야 해. 그렇게 말할 수 있는 사람이 돼야 해."

엄마의 그 말이 머릿속에서 아우성쳤다.

'그래, 이런 짓은 이제 그만두자고 말하자.'

더 이상 내가 나를 견딜 수 없었다. 이러다가는 다른 사람의 아픔 같은 건 전혀 못 느끼는 괴물이 될 것 같았다. 엄마가 줄곧 강조했던 것처럼 인간으로 태어났으니 인간답게 살고 싶었다.

"이…… 이제 그만해!"

조용한 교실에 갈라진 목소리가 울려퍼졌다. 덜덜 떨리는 목소리는 내 귀에도 퍽이나 애처롭게 들렸다.

'만약 나까지 왕따가 된다면……?' 하는 걱정이 떠나질 않았지만 나는 마음을 다잡고 가슴속에 담아두었던 말을 쥐어짜듯 내뱉었다. 얼굴에 열이 올라 귀까지 새빨개졌다. 그런데 그렇게 말하고 나니 신기할 정도로 마음이 착 가라앉았다. 여전히 몸은 가늘게 떨렸지만 마음만은 솜털처럼 가벼웠다. 가슴을 짓누르고 있던 쇳덩이 하나가 스윽 사라지는 기분이 들었다.

인정할 수밖에 없었다.

'그래, 치카를 모른 척하고 있을 때가 더 힘들었던 거야.'

내 말이 끝나자 갑자기 교실에 무거운 침묵이 흘렀다. 나는 그 한가운데에 서서 거친 숨을 씩씩거리며 천천히 교실을 둘러봤다. 여전히 숨소리 하나 없이 고요했다. 아이들의 눈이 쟁반만큼이나 커다래졌다.

나 역시 아무 말도 하지 않았다.

그러자 요코가 싱글거리며 대꾸했다.

"그래? 그럼 이제 그만할까?"

요코의 대답으로 팽팽하게 당겨져 있던 긴장의 끈이 툭, 하고 끊어졌다. 다음 순간 다른 아이들이 너도나도 재잘거리기 시작했다.

"오케이. 뭐 재미도 없고 시시하네!"

"너무 오래 끌어서 슬슬 지루해지던 참이었어."

내 말 한마디에 거짓말처럼 게임이 끝나 버리다니……기분이 좋으면서도 쉽게 납득할 수 없는 분위기에 나는 그만 어리둥절해졌다.

'뭐야, 이렇게 간단했던 거야? 진짜로? 다들 그렇게 좋아하던 걸 진짜로 나 때문에 그만두는 거야?'

# 4

드르르륵.

나무로 만든 미닫이문이 덜컹거렸다. 다음 날 아침, 나는 추위에 빨개진 손을 비비며 따뜻한 교실에 들어섰다.

"안녕!"

보통 때라면 1초 만에 이런 대답들이 날아들었을 거다.

"아, 스이카 왔어?"

"어제 그 드라마 봤어?"

그런데 내가 들어선 순간 아이들로 꽉 차 있는 교실에 이상야릇한 적막감이 흘렀다. 숨죽인 웃음소리, 힐끔거리는 눈동자, 의미심장하게 주고받는 눈짓들.

'뭐야? 기분 나빠.'

갑자기 속이 배배 꼬인 듯 아팠다. 불길한 예감에 뒷덜미가 쭈뼛 섰다. 하지만 애써 어깨를 펴고 내 자리로 다가갔다. 흥얼흥얼, 일부러 콧노래까지 부르면서.

그러다가 그만 그 자리에 우뚝 서고 말았다.

더 이상 한 걸음도 뗄 수 없었다. 얼굴이 빨갛게 달아오르고 다리가 덜덜 떨렸다.

그건 분명 내 책상이었다. 하지만 어제까지 봤던 '다치야마 스이카'의 책상은 아니었다. 책상 위로 수북하게 쌓여 있는 것은 분명 흰 국화꽃이었다. 죽은 사람의 무덤 앞에 갖다 놓는 그 꽃들이 내 책상 위를 빼곡하게 덮고 있었다.

그 꽃들은 이렇게 말하고 있는 것 같았다.

'어제부로 다치야마 스이카는 죽었습니다.'


나는 그제야 킥킥대는 웃음소리, 아이들의 묘한 눈빛이 무엇을 뜻하는지 깨달았다. 손끝으로, 발끝으로 온몸의 피가 스르륵 빠져나가는 듯했다. 힘이 없어, 라고 생각하자마자 손에서 가방이 미끄러지면서 바닥에 '쿵' 하고 떨어졌다. 그 둔탁한 소리가 머릿속을 울렸다.

분명히 바보 같은 표정을 지었을 거다. 멍청하게 입을 벌리고 손발을 힘없이 늘어뜨린 채.

그러다가 스스로 무슨 말을 하는지조차 의식하지 못한 채 이렇게 나는 버럭 소리를 지르고 말았다.

"왜……? 왜 이런 짓을 한 거야? 왜! 왜!"

분노와 모멸감이 뒤섞인 목소리. 평소 차분하고 얌전하기만 하던 내가 내지르는 소리라고는 믿기지 않을 만큼 날카롭고 공격적이었다. 그 순간 반 아이들이 멈칫했다. 하지만 그들의 눈동자는 여전히 반짝이고 있었다. 호기심과 동정심, 비웃음이 섞인 마흔여섯 개의 시선이 일제히 내 몸을 아프게 뚫고 지나갔다.

갑자기 다리가 후들후들 떨리기 시작했다.


큭큭큭.

그때 누군가의 웃음소리가 적막한 공기를 가르고 지나갔다. 내 모습이 재미있다는 듯, 이런 상황이 너무 즐겁다는 듯 누군가가 교실 한가운데서 조용히 낄낄거리고 있었다.

'도대체 왜 웃는 거야! 뭐가 그렇게 재미있냐고!'

당장 달려들어 뺨을 때려주고 싶었다. 하지만 입술을 비죽이 말아 올리고 웃는 그 아이의 얼굴을 마주하자 온몸을 태워버릴 것 같던 분노 대신 폭풍 같은 슬픔이 가슴속으로 밀려들기 시작했다.

요코였다. 그 애가 웃음을 흘리자 곧바로 이곳저곳에서 킥킥대는 웃음소리가 들리기 시작했다. 모두들 몹쓸 전염병에라도 걸린 것처럼 그렇게 낄낄댔다.

무서웠다.

내가 내 친구들을 무서워하고 있다는 사실이 더 무서웠다. 그 아이들, 어제까지 함께 밥 먹고 떠들고 쪽지로 비밀 얘기를 주고받던 친구들이었는데.

아무 말도 할 수 없었다. 나는 거의 우는 듯한 표정으로, 금방이라도 눈물이 터질 것 같은 얼굴을 하고 그 애들을 바라봤다.

그러자 모두들 이렇게 외쳤다.

"스이카는 진짜 재수 없어. 안 그래?"

"맞아! 쟤가 오니까 이상한 냄새가 나는 것 같아."

"맞아, 맞아!"

그 말이 끝나자마자 또다시 아이들이 웃음을 터뜨렸다.

너무 웃어서 배를 잡고 눈물을 흘리는 애도 있었다. 요코 패밀리는 일부러 더욱 소리 높여 깔깔댔다.

내 머릿속은 안개처럼 뿌옇기만 했다.

'어떻게 하지? 그만두라고 애원할까?'

필사적으로 할 말을 찾았지만 아무 생각도 나지 않았다. 그저 멍하니 서서 요코 패밀리만 노려보고 있었다. 함께 웃을 수 없다는 비참함, 굴욕감, 분노, 당장 집으로 돌아가고 싶다는 간절한 바람. 저 애들은 왜 이렇게 이기적인 걸까. 실제로 당하지 않고는 아무것도 이해할 수 없는 걸까. 실제로 그 사람의 기분이 되지 않더라도 조금쯤은 이해해 줄 수 있지 않을까.

천장이 뱅뱅 도는 것 같았다.

그러다가 문득 한 아이와 눈이 마주쳤다. 그 순간 가슴속이 '쿵' 하고 울렸다. 커다란 돌덩이가 그대로 내리꽂히는 느낌이었다.

그 아이는…… 치카……였다.


치카의 흔들리는 눈빛이 내 얼굴에 그대로 와닿았다.

외톨이 치카.

작은 주먹을 꼭 쥐면서 도와줘, 라고 중얼거리던 치카.

그 아이가 요코 패밀리와 함께 서 있었다. 어제까지 내가 있던 자리에 똑같이 서서.

나는 그만 절망하고 말았다.

'어떻게 이럴 수가! 네 손을 잡아 준 건 나였어. 그 구렁텅이에서 빼내 준 건 바로 나였다고. 아니, 이제는 다 필요 없어. 돌아가! 원래 네가 있던 자리로 돌아가라고!'

그러나 치카는 황급히 고개를 돌리더니 과장되고 어색한 몸짓으로 요코 무리 애들과 알 수 없는 이야기를 나누기 시작했다.

'꼭 예전의 나 같구나.'

그때 왜…… 갑자기 그런 생각이 든 걸까. 치카의 허둥대는 몸짓, 죄책감이 서린 눈길, 공허한 웃음소리를 듣자마자 치카의 하얀 얼굴 위로 과거의 내 얼굴이 겹쳐지기 시작했다. 그 순간 잠시 동안 동작을 멈췄던 몸의 기능들이 다시 작동하면서 말로는 설명할 수 없는 현기증이 일었다. 그 전에는 한 번도 느껴보지 못한 감정들이 가슴속에서 울컥 솟아오르기 시작했다. 표현할 수 없을 정도로 억울하고 서글픈 감정이 내 마음을 가득 채웠다. 그때 느낀 모멸감과 참담함은 견디기 힘들었다.


얼마 전 치카는 나에게 이렇게 말했었다.

"만약 그런 상황이 계속됐다면 나 무슨 짓을 저질렀을지도 몰라. 정말 고마워. 있잖아, 스이카. 만약…… 혹시 스이카에게 무슨 일이 생기면 나도 꼭 힘이 되어 줄게!"

치카…… 그렇게 말했었는데. 눈물을 참으며 힘주어 그렇게 말했었는데. 몇 번이나 고맙다고 울먹이면서 떨리는 목소리로 그렇게 말했었는데.

그런데 왜…… 지금은 나와 눈도 마주치려 하지 않으려는 거야?

응? 왜 그러는 거야, 치카?

나는 곧 사람의 진심이 얼마나 가벼운 것인지를 깨닫고 체념하고 말았다. 그때 치카는 왜 울었던 걸까? 그게 거짓의 눈물이었다면 나는 이제 무엇을 믿어야 할까?

혼자 버려진다는 건 정말 외롭고 쓸쓸했다. 갑자기 깜깜한 어둠 속에 홀로 있는 것처럼 완벽한 고독이 내 몸을 감쌌다.

하지만 나는 곧 속으로 '아니, 아니……'를 외치며 고개를 흔들었다. 손으로 찰싹 뺨을 때려보기도 했다.

'정신 차려, 스이카! 이건 뭔가 잘못됐어. 내가 왕따라니 말도 안 돼.'

믿어지지도 않고, 믿고 싶지도 않은 현실에서 억지로 등을 돌리면서 내 자신을 위로했다. 애써 침착함을 되찾으려고 노력하면서 깊게 심호흡을 했다. 그러고는 용기를 내서, 입가에 비웃음을 머금고 있는 요코에게 천천히 다가갔다.

"요코, 왜 이러는 거야? 이제 이런 짓 그만둬, 응?"

최대한 아무렇지도 않게 말하려고 했지만 긴장한 얼굴 근육이 제멋대로 실룩거렸다. 나는 마음속으로 빌고 또 빌었다.

'요코, 말해줘. 지금까지 스이카의 몰래 카메라였습니다, 하고 말해달란 말이야.'

하지만 내 바람은 그대로 산산조각 났다. 누구도 내 말에 귀를 기울이지 않았으니까. 난 2학년 3반의 투명인간인 셈이었다. 말을 할 때마다 되돌아오는 건 완벽한 침묵과

낄낄거리는 웃음뿐이었다. 속이 부글부글 끓었다.

화가 났다.

지금 내가 느끼고 있는 이 모든 괴로움과 슬픔을 너희한
테 고스란히 되돌려주고 싶어.

꼭 그렇게 됐으면 좋겠어.

하지만 그런 생각을 하면서도 실은 바닥에 주저앉아 어
린아이처럼 소리 내 울면서 이렇게 묻고 또 묻고 싶었다.

'도대체 나한테 왜 이러는 거야? 내가 뭘 잘못했길래!'

하지만 나는 바닥에 주저앉는 대신 지그시 입술을 깨물
었다.

'참아야 돼. 참아야 이기는 거야.'


"응? 알려줘. 왜 날 무시하는 거니?"

또 한 번의 시도. 눈물이 맺힌 눈으로, 힘없고 메마른 목
소리로 모두를 향해 다시 한 번 물었다. 울먹이는 목소리
가 내 귓가에도 또렷이 들렸다.

이번에는 제법 목소리가 컸는지 그때까지 웃고 있던 애
들이 순식간에 입을 닫았다. 교실에는 또다시 무겁고 어색
한 침묵이 감돌았다. 그러자 그 분위기를 깨버리겠다는 듯

요코가 대단히 과장된 몸짓으로 주위를 둘러보더니 불쑥 입을 열었다.

"어? 방금 누가 나 불렀어?"

누군가가 그 말을 받아서 재빨리 대답했다.

"아니, 아무도 안 불렀어."

그 말이 떨어지자마자 반 전체가 "그래. 아무도 안 불렀어!" 하고 힘차게 합창했다.


정말 사악하다.

모두 무리 뒤에 숨어서 평소에 혼자라면 절대 하지 못할 일들을 하고 있다. 나는 결국 침착함을 잃고 손을 바들바들 떨기 시작했다. 얼굴이 딱딱하게 굳어서 다시는 웃을 수 없을 것만 같았다. 그런데도 애들은, 그런 내 모습을 즐기고 있다. 생쥐 한 마리를 우리에 가둬놓고 처음에는 손으로 찌르고 다음에는 나뭇가지로 찌르고 그 다음에는 송곳으로 찌르면서 가엾은 쥐가 얼마나 피를 흘릴 수 있는지, 누가 더 잔인하게 괴롭힐 수 있는지 경쟁하는 것 같았다.

가장 즐거워한 건 요코 패밀리였다.

아예 배를 잡고 데굴데굴 구르는 아이도 있었다.

괜히 끼어들었다가 불똥이라도 튈까 봐 못 본 척하는 애들도 있었다.


아이들의 날카로운 웃음소리가 내 몸속에서 아주 크게 울려 퍼지기 시작했다. 그 웃음소리가 나를 둘러싼 주변의 모든 것들을 흐물흐물하게 녹이고 있었다. 아이들의 얼굴이 희미하게 보였고 내 책상도 의자도 모든 게 구불구불하게 보였다.

어제까지 행복했던 나는 도대체 어디로 사라져버린 거지.

'아니야. 절대로 지지 않을 거야.'

나는 다시 정신을 차렸다. 주먹을 꼭 쥐고 요코에게 한 발짝 더 다가갔다.

"뭐? 농담하지 마. 내 목소리가 안 들려? 이렇게 큰소리로 말하고 있는데 정말 안 들려?"

용기를 내어 손으로 요코의 어깨를 툭, 건드렸다. 그러자 기다렸다는 듯 요코가 호들갑을 떨기 시작했다.

"까악! 유령이야. 유령이 방금 내 어깨를 쳤어! 으악!"

찢어지는 목소리.

"으엑…… 기분 나빠!"

"어디 있어? 그 유령이 어디 있는 거야? 지금 내 옆에 있어?"

여기저기서 아이들이 꺅꺅 비명을 질러댔다. 치카의 하얀 얼굴은 그 속에서 유난히 더 눈에 띄었다. 요코는 얼굴을 두 손에 묻고는 무서워 무서워, 하며 발을 동동 굴렀다. 내 손이 요코의 어깨 위에서 힘없이 덜렁거렸다.

그때까지 나를 지탱해주던 무엇인가가 발밑으로 서서히 빠져나가고 있었다. 갑자기 눈앞이 뿌옇게 흐려지면서 정신조차 아득해졌다. 나는 내 발이 제대로 땅에 붙어 있는지조차 알 수 없었다. 몸이 먼지처럼 오그라드는 기분이었다.

그때 갑자기, 요코가 말했다.

"후후후. 그럼 이제 유령을 내쫓아볼까?"

동시에 '퍽!' 하는 둔탁한 소리가 교실에 울려 퍼졌다. 이윽고 내 등허리가 활처럼 구부러졌고, 벌어진 입술 사이로 침방울이 뚝뚝 떨어졌다.

예상치 못했던 날카로운 통증이 명치에서 느껴졌다.


요코가 나를 때렸다.

갑작스러운 고통 때문에 정신이 번쩍 들었다. 한순간 숨이 멎는 것 같았지만 곧바로 켁켁거리는 기침이 터져 나왔다. 아침에 먹은 음식이 몽땅 입 밖으로 쏟아져 나올 것만 같았다.


'아파…… 너무 아파.'

저절로 눈물이 고였다.

요코의 돌발행동에 아이들은 차가운 물벼락이라도 맞은 듯 눈을 휘둥그레 떴다. 그러더니 잠시 후 누군가가 초조한 몸짓으로 교실바닥을 툭툭, 찼다. 교실 뒤쪽에서 헛기침을 하는 소리가 들렸다. 모두들 침을 꼴깍 삼키며 나와 요코를 지켜보고 있었다. 어떻게 행동해야 할지 고민하면서, 이 상황에 맞는 가장 안전한 행동을 생각하면서.

얼마나 시간이 지났을까. 마침내 요코가, 사오리가, 미요가…… 다른 애들이 천천히 발을 움직였다. 그리고 하나둘 너도나도 때리는 무리에 끼어들었다.

무리는 점점 늘어났다.

아이들의 발이 무차별적으로 내 몸통에 꽂혔다. 아이들은 내 허벅지를 발로 찼고, 주먹으로 머리와 배를 때렸다.

갈고리 같은 손이 내 어깨를 잡아 흔들었다. 내 유일한 자랑거리였던 밤색 머리카락을 누군가가 홱 잡아당겼다. 나는 저절로 눈물이 그렁그렁 맺혔다.

배가 아렸다. 피부가 쓰렸다. 참아보려고 했지만 입에서는 끊임없이 신음소리가 새어 나왔다.

"별것도 아닌 게 우리한테 이래라 저래라야!"

"네가 어쩔 건데. 게임을 시작하는 것도 끝내는 것도 우리야, 잘난 네가 아니라고!"

"그 순대 같은 입으로 다시 한 번 말해보지 그래? 겁쟁이 개처럼 벌벌 떨기나 하는 주제에."

나는 몸을 웅크린 채 이리저리 쓸려 다녔다. 이따금 고통스러운 얼굴로 아이들을 쳐다봤지만 아이들의 표정은 너무도 싱싱하게 빛나고 있었다. 마치 이 세상에서 가장 재미있는 놀이라도 발견한 것처럼. 나는 그만 눈을 질끈 감고 말았다.


나는 아이들의 스트레스 해소용 인형이었다. 아이들은 나를 차고 때리면서 그동안 쌓여 있던 스트레스를 마음껏 풀었다. 내가 벌벌 떨고 신음하는 모습을 즐기면서, 그것으로 자신의 우월함을 확인하겠다는 듯이.

물론 그중에는 억지로 웃는 애들도 있었다. 그러나 괴로운 표정을 짓다가도 그 모습을 들킬 새라 얼른 표정을 없애고 다시 무리로 끼어들었다. 이 모든 것을 보고도 못 본 척하는 애들도 있었다. 지금 벌어지는 일이 전혀 안 보인다는 듯 끼리끼리 모여서 두서없는 수다를 늘어놓는 애들도 있었다. 그러면서 하나같이 나를 힐끔거렸다.

모두들 이런 표정이었다.

'불쌍해.'


지독한 고통과 통증. 아침에 먹은 밥뿐만 아니라 몸 안의 내장이 전부 쏟아질 것 같은 느낌이었다. 나는 더 이상 서 있을 수 없어서 가쁜 숨을 토해내며 자리에 주저앉고 말았다.

"케엑, 켁, 케엑."

아무리 기침을 해도 나를 향해 쏟아지는 발길질과 주먹은 조금도 줄어들지 않았다. 정말이지 할 수만 있다면 있는 힘껏 외치고 싶었다.

"제발 그만해! 이제 충분하잖아!"

하지만 소리 칠 힘도 없었다. 그저 입술을 깨물면서 엉엉 울고 싶은 마음만 꾹 참을 뿐이었다.

'울면 안 돼. 울면 지는 거야.'

그것만이 내가 할 수 있는 유일한 저항이었다.


"젠장, 아무도 없나 보지?"

요코가 마지막으로 내 몸을 걷어차면서 심술궂게 말했다.

드디어 온몸에서 열이 나기 시작했다. 그 뜨겁고 화끈한 열기가 나를 머리끝에서 발끝까지 태워버릴 것 같았다. 이윽고 고통이 둔해지면서 아예 감각이 없어지기 시작했다. 나는 아무 말도 못하고 헉헉대며 눈만 멍하니 뜨고 있을 뿐이었다.


왜 이런 짓을 하는 걸까? 그렇게 평화로운 반이었는데.

치카를 괴롭히지 말라고 할 때도 알았다고 순순히 대답하던 아이들이었는데.


"고마워."

치카는 고맙다고 했다. 눈물을 뚝뚝 흘리면서.

"앞으로 스이카에게 무슨 일이 생기면 나도 꼭 너의 힘이 될게."

치카는 그렇게 말했었다.

하지만 그 애는 지금 내 곁에 없다. 다른 아이들과 어깨동무를 한 채 나를 경멸하고 있다.

'그렇구나…… 이제 내가 게임의 새 주인공이구나…….'

난 이미 버림받은 거다.

왜 그때는 깨닫지 못했을까? 그렇게 순진했기 때문에 이제는 내 차례가 된 걸까?

그제야 애써 억누르고 있었던 두려움이 한꺼번에 몰려들었다.

이번에는 얼마나 지독할까?

치카 때보다 더? 그보다 얼마나 더?


마침내 수업 시작을 알리는 종소리가 울렸다.

그러자 모두들 주문이라도 풀린 듯 태연한 표정으로 흩어졌다. 나 역시 가방을 주워 들고 내 자리로 걸어갔다. 나를 맞이하는 건 흰 국화꽃들뿐. 나는 부들부들 떨리는 손으로 그 꽃들을 주워서 사물함 위에 올려놓았다.

곧이어 수학선생님이 x니 y니 침을 튀겨가며 떠들기 시작했다.

'수학 따위…… 이제 나와 상관없는 얘기야.'

온몸이 욱신욱신 쑤시고 아파서 정신을 차릴 수가 없었다. 여기저기 붉은 멍들로 가득한 팔을 내려다보면서 나는 계속 되물었다.

왜 내게 이런 일이 벌어진 걸까?

그 많은 애들 중에 왜 하필 나였을까?

눈을 감으니 내 몸이 내지르는 비명소리가 생생하게 들렸다. 하지만 가장 아픈 곳은 역시 마음이었다. 몸의 상처쯤이야 시간이 지나면 어차피 옅어질 것이다. 하지만 마음의 상처는 어떻게 없애야 할까? 그 상처가 열 배 스무 배 더 아프고 고통스러웠다.

그래도 수업이 시작되면서 서서히 마음의 안정을 찾을 수 있었다. 그 시간 동안만큼은 아이들의 폭력과 폭언에서 벗어날 수 있었으니까. 나는 안도하는 마음으로 눈을 감았다. 이 지독한 하루가 끝나기까지 얼마나 많은 시간이 남았는지 조심스럽게 속으로 헤아려봤다.

그때,

툭! 무엇인가가 팔에 부딪혔다.

발아래에 쪽지 하나가 떨어져 있었다.


— 우리 반 애들은 모두 널 싫어해.

— 멍청이.

— 계속 학교 다닐 거니?


다시 한 장, 두 장, 세 장……. 비슷한 내용을 담은 쪽지들이 연신 내 발밑으로 떨어졌다. 누가 보내는 건지는 눈을 감고도 알 수 있었다. 요코 패밀리였다.

쪽지는 쉴 새 없이 날아들었다.

나는 눈썹 하나 까딱하지 않고 아무렇지도 않은 얼굴로 칠판을 보면서 수업에 열중하는 척했다. 괴롭지 않아서 참은 게 아니다. 그것밖에 할 수 없어서 참았을 뿐이다.

얼마나 지났을까…… 문득 정신을 차려보니 어느새 쪽지 공격은 멈춰 있었다.


딩동 딩동—.

수업이 끝나자 어김없이 벨이 울렸다. 선생님이 앞문으

로 사라지자마자 요코 패밀리는 또다시 나를 에워쌌다.


"흥, 좀 전에는 잘도 무시하던데?"

다시 말도 안 되는 트집과 손찌검이 시작됐다. 아이들은
내 머리카락을 잡아당기고 뺨을 때렸다. 정신을 차려 보니
나는 어느새 마룻바닥을 뒹굴면서 미친 사람처럼 혼자서
중얼거리고 있었다.

"뭐라고? 안 들리잖아."

요코가 코웃음을 쳤다.


그다음 쉬는 시간.

요코가 나를 질질 끌고 교실 뒤쪽 난방기 앞으로 갔다.
그러고는 보란 듯이 내 손을 잡아채서 뜨겁게 달구어진 난
로에 대고 문지르기 시작했다. 하얀 손등이 순식간에 빨갛
게 부어올랐다. 난로 자국이 손등에 낙인처럼 선명하게 찍
혔다.

"뜨거워, 뜨겁다고! 제발 그만해!"

청소시간에도 마찬가지였다.

"여기 이 쓰레기 좀 봐."

요코가 빗자루를 휘두르면서 나를 향해 다가왔다. 그러더니 내가 정말 쓰레기라도 되는 양 코를 막고 호들갑을 떨면서 우악스럽게 나를 밀쳤다.

"더러우니까 저만큼 떨어져 있으라고!"

그러사 기다렸다는 듯 다른 아이들이 빗자루를 휘두르면서 나를 치고 지나갔다. 결국 나는 먼지와 쓰레기더미에 휩싸인 채 정신없이 기침을 하다가 바닥에 주저앉고 말았다. 온몸이 녹아내리는 듯했다. 그새 완전히 지쳐버렸는지 내 다리가 후들거렸고 마음도 후들거렸다.

창밖을 바라보니 눈이 펄펄 내리고 있었다. 바깥세상은 고요했고 모든 게 느리게 흘러가고 있었다. 불현듯 함박눈 사이로 혼자 쓸쓸히 돌아가는 내 모습이 그려졌다. 서로 팔짱을 끼고 앞서거니 뒤서거니 걷는 아이들 틈에서 고개를 숙이고 혼자 걷는 짓 따위는 하고 싶지 않았다. 상상만으로도 슬프고 비참했다. 모두가 혼자였다면 덜 힘들었을 텐데. 무리들 틈에서 나만 혼자라는 건 역시 부끄럽고 무섭다.

역시 제일 견디기 힘든 건 외로움이다.

"같이 가자."

결국 나는 한 아이를 붙잡고 말을 걸었다. 그동안 줄곧 같이 가던 아이였으니까.

"미안. 좀 볼일이 있어서."

그러나 돌아오는 대답은 고작 그것뿐이었다. 어쩔 수 없이 혼자 신발장 앞으로 터덜터덜 걸어가다가 문득 손이 허전해서 아래를 내려다봤다. 그러고는 다시 한 번 한심한 기분에 휩싸이고 말았다.

'바보. 도시락을 두고 왔잖아.'

그러나 교실에서 나를 기다리고 있던 건 도시락이 아니었다. 교실 문을 열려고 손잡이를 잡은 순간 안에서 이런 말이 흘러나왔다.

"야, 좀 전에 누가 말 걸었는지 알아?"

"누군데?"

"다치야마 스이카. 진짜 긴장했잖아. 괜히 어울렸다가 나까지 찍히면 어떡해? 그런 건 딱 질색인데. 야, 너도 잘해주지 마. 아는 척도 하지 마."

나는 내 귀를 의심하면서 그대로 얼어붙고 말았다.

'대체 왜…… 왜 나야. 그 많은 애들 중에서 하필 왜!'

후들후들 떨리는 손으로 문을 열자 아이들이 약속이나 한 듯 말을 멈추고 문밖으로 쪼르르 나가버렸다. 나는 유령 같은 손길을 내저어 도시락을 집어 들고는 홀로 학교를 나섰다. 신발을 갈아신고 땅을 딛자마자 엉엉 소리 내어 울고 싶어졌다. 고개를 들어 하늘을 쳐다보니 온통 회색빛이었다. 흐릿한 게 꼭 내 마음 같았다.

나는 울먹울먹하는 마음을 안고 천천히 아주 천천히 집으로 향했다.


골목길 끝, 어슴푸레 파란 대문이 보였다.

나는 가던 발걸음을 멈추고 커다랗게 심호흡을 한 후 주머니에서 거울을 꺼냈다. 그 속에 나타난 얼굴은 금방이라도 울음을 터뜨릴 것처럼 슬퍼 보였지만 나는 애써 입꼬리를 올리고 방긋 웃어보았다. 집에 들어가기 전에 확인하고 싶었다. 내가 또다시 환하게 웃을 수 있다는 사실을. 그렇게 한참 동안 거울을 들여다보다가 마침내 결심이 섰을 때 나는 다시 발걸음을 옮겼다.

"학교 다녀왔습니다아!"

언제나처럼 기운찬 목소리로 인사를 했지만 그 순간 눈

물이 주르륵 흘러내렸다. 집에 왔다고 생각하니까, 더 이상 괴롭히는 애들이 없다고 생각하니까 이상하게 더욱더 눈물이 나오려고 했다.

그때 저 멀리서 발자국 소리가 들려왔다.

'힘내, 엄마가 오고 있어.'

나는 재빨리 눈을 비비고 손바닥으로 눈 주위를 꾹 눌렀다.

"스이카, 왜 그러고 있니?"

엄마가 얼빠진 표정으로 서 있는 나를 조심스럽게 살피며 물었다. 가슴이 뜨끔했다.

"응…… 응? 아니, 아니야."

"그래? 왜 거기 서 있어? 얼른 옷 갈아입고 나와. 밥 먹게."

엄마의 손이 가볍게 내 어깨를 스쳤다. 그러자 정말로 집에 왔다는 게 실감났다. 나는 나도 모르게 승리의 브이를 그려 보인 후 가벼운 발걸음으로 춤을 추듯이 계단을 올라갔다. 너무도 태연한 몸짓으로.

하지만 방에 들어서자마자 이렇게 혼잣말을 하고 말았다.

"정말 힘들어."

가장 편안하고 안심할 수 있는 곳에 들어서면 꼭 이렇다. 그동안 꾹꾹 참았던 피로가 한꺼번에 몰려들어 아무것도 하지 않고 침대로 기어들어가고만 싶다. 나는 조용히 방문을 잠근 후 옷을 훌훌 벗어던졌다. 그렇게 완전히 발가벗은 몸으로 천천히 거울 앞에 섰다.

그러자 거울 속에 상처투성이 스이카가 나타났다. 고작 하루였을 뿐인데 온몸에 긁히고 베인 상처와 멍 자국이 가득했다. 붉은 멍 자국으로 가득한 다치야마 스이카의 몸. 나는 내 몸을 조심스럽게 살펴보면서 이렇게 속삭였다.

'정말 잘 참았어. 대단해, 스이카!'

아주 많이 칭찬해주고 싶은 기분이었다. 그러나 동시에 오늘 일이 꿈이 아니었음을, 내일도 모레도 앞으로도 계속될 현실이라는 사실이 더 실감났다. 나는 스스로를 보호하듯 양팔로 온몸을 꽉 껴안았다. 밥 먹으러 내려오라고 재촉하는 엄마의 목소리가 들릴 때까지.

그런 후 다시 천천히 옷을 갈아입고 계단을 내려갔다.

저녁 메뉴는 내가 좋아하는 크림스튜였다. 하지만 한 숟가락 떠 넣자마자 목이 콱 막혔다.

"오늘은 아무 일 없었니? 친구들과 다투거나 선생님께

혼나진 않았니?"

"음…… 괜찮아요, 아무 일 없었어."

언제나 반복되는 질문이었지만 그 순간만큼은 대답하기가 몹시 힘들었다. 마른 침을 두 번이나 삼킨 후에야 가까스로 입을 열 수 있었다. 하지만 진실을 말하는 것보다는 훨씬 쉬웠다.

나는 교실에서 그랬던 것처럼 감정을 숨기고 꿋꿋이 앉아 있었다. 심호흡을 하며 애써 다시 숟가락을 입으로 가져갔다. 그 순간 또다시 격렬한 이물감이 올라왔다. 잊고 있었던 '오늘의 사건'이 순간적으로 떠올랐기 때문에. 그래도 화장실로 달려가는 것만큼은 가까스로 참아냈다. 크림스튜의 진하고 기름진 향이 자꾸만 목구멍을 자극했지만 그럴수록 맹렬하게 음식을 씹어 넘겼다. 그럼에도 불구하고 결국 반도 못 먹고 남기고 말았다.

그렇게나 좋아하던 크림스튜였는데.

마침내 나는 의자를 뒤로 빼면서 몸을 일으켰다.

"잘 먹었습니다!"

최대한 자연스럽게 그릇을 들고 일어났다. 눈으로는 계속 부모님의 표정을 살폈지만 아빠도 엄마도 별말이 없었다.

나는 부엌의 달그락거리는 소리를 뒤로 한 채 조심조심 욕실로 발걸음을 옮겼다.

아, 아파.

따뜻한 물이 조금 닿은 것뿐인데 온몸에 찌릿한 통증이 날카롭게 퍼졌다. 얼얼하고 쓰려서 나도 모르게 눈물이 찔끔 나왔다. 욕조에 들어가는 것도 고통스럽고, 타월로 몸을 닦는 것도 마찬가지였다. 비명도 못 지를 정도로 아팠다.

이런 걸 언제까지 참아내야 하는 걸까. 어서 빨리 따뜻한 침대 속으로 들어가고 싶다는 생각만 간절해졌다. 결국 나는 몸을 씻는 둥 마는 둥 일찌감치 욕실에서 빠져나왔다.

그래도 혼자 있을 수 있다는 건 좋았다. 괴롭히는 사람도 없고, 내 감정을 숨기지 않아도 되니까. 눈물을 참아야 할 필요도 없고 애써 밝게 웃지 않아도 되니까. 나는 잠깐이나마 행복감에 젖어 포근한 이불속을 애벌레처럼 파고들었다. 하지만 어찌된 일인지 잠은 오지 않았다. 몇 번이나 뒤척였지만 도무지 잠을 이룰 수가 없었다.

그러자 불현듯 '오늘의 사건'이 다시 떠올랐다. 어제는 그렇게 행복했는데 오늘로서 모든 게 달라졌다고 생각하니 또다시 눈물이 나왔다.

지금 나는 꼭 미치기 직전 같았다.

행복은 어디로 사라졌을까.

나도 모르게 두 손을 모으고 기도했다.

'제발…… 제발 내일은 좀 더 행복할 수 있게 도와주세요.'

어느새 시계가 두 시를 가리키고 있었다. 눈꺼풀이 서서히 무거워지기 시작했다.


아침은 어김없이 찾아온다. 영원히 밤만 계속되길 바라는 나 같은 아이에게도.

"학교 다녀오겠습니다."

엄마의 따뜻한 배웅을 받으며 나는 될 수 있는 한 천천히 학교 쪽으로 걸음을 옮겼다.

'차라리 학교에 가지 말까? 정말 그럴까?'

발을 떼어놓을 때마다 얇게 깔린 눈더미가 운동화 아래에서 서걱거렸다.

2학년 3반이라고 쓰여진 나무판.

정신을 차려보니 어느새 교실 앞이었다. 손에는 땀이 흥건했다.

'심장이 터질 것 같아. 이곳을 넘어가면 당분간 행복한 삶과는 안녕이겠지.'

속이 메슥거리는 것을 참으며 힘겹게 교실 문을 열었다. 심장이 너무 빠르게 뛰어서 입을 열기만 하면 그대로 밖으로 튀어나와버릴 것만 같았다. 긴장과 불안, 공포를 지우기 위해서 커다랗게 심호흡을 했다.

할 수 있다, 스이카. 넌 할 수 있어.


"좋은 아침!"

떨어지지 않는 입을 열어서 또다시 인사를 했다.

알고 있었다. 아무렇지도 않은 척을 해봤자, 애써 발랄한 척해 봤자 비웃음만 살 뿐이라는 걸. 이렇게 활기차게 인사해도 아무도 대답해주지 않을 거라는 걸. 하지만 그대로 주저앉을 수는 없었다. 아직 희망을 놓기는 싫었다. 지금 놔 버리면 영영 옛날로 돌아갈 수 없을 것 같아 두려웠다. 모두와 즐겁게 지내고 싶은 단 하나의 소망을 쉽게 놓아 버릴 순 없었다.

힘내자고 다짐하면서 나는 내 자리로 걸어갔다.

문득 교실 뒤편에 차례대로 붙어 있는 인권 포스터가 눈에 띄었다.

겨울방학 숙제였었지.

— 인권을 지키자.
— 당신은 남을 괴롭히는 게 즐겁습니까?
— 배려하는 마음은 소중한 것.

전부 듣기 좋은 말들이었다. 하지만 이것 봐, 결국은 모두 말뿐이잖아. 너무 그럴싸한 말들이라서 오히려 가슴이 아팠다. 요코가 만든 포스터도 있었다.

— 차별, 따돌림은 너무 싫어!

이런 말이 당당하게 적혀 있었다.

그렇다. 사실은 모두 알고 있는 거다. 남을 괴롭히는 건 정말 못된 짓이라는 걸. 하지만 머리로만 알고 있을 뿐 가슴으로 이해하진 못했다. 저 따위 인권 포스터는 다 떼어버렸으면 좋으련만.

선생님도 이렇게 말했다.

"사람이라면 상대방을 존중할 줄 알아야지. 괴롭히고 헐뜯는 건 나쁜 짓이야. 만약 누군가가 그런 짓을 하면 바로 말해라. 요즘 그런 일들이 자주 있는 모양이니까."

왕따가 얼마나 심각한 문제인지, 인권이 무엇인지 강조하며 말씀하셨다.

그런데 왜……!

다 알고 있으면서 모두들 모른 척하는 걸까. 알면서도 모르는 척하는 건 선생님들도 마찬가지다. 인권이 뭘까? 2학년 3반에서 인권이란 누굴 위해 존재하는 걸까? 지금 내게 제대로 된 인권의 의미를 말해 줄 수 있는 사람은 아무도 없었다.

나는 애꿎은 포스터만 노려보았다.


그때 누군가가 내 책상 쪽으로 다가왔다. 동시에 '탁' 하는 둔탁한 소리가 교실을 울렸다.

화들짝 놀라서 쳐다봤더니 하얀 손이 보였다. 그 손이 내 책상 위에 국화꽃 병을 놓고 있었다. 천천히 고개를 들어 얼굴을 확인했다.

치카!

치카의 손이 가늘게 떨리고 있었다. 치카는 주저하는 몸짓으로 말없이 꽃병을 올려놓았다. 나는 밀랍인형 같은 얼굴로 그 모습을 바라보다가 치카가 제자리로 가서 앉자마자 꽃병을 들고 교실 뒤쪽으로 나갔다. 그러고는 어제처럼 사물함 위에 꽃병을 올려놓고 무표정한 얼굴로 다시 자리로 돌아왔다. 그런 후 기계적인 몸짓으로 책상 서랍에 교과서를 쑤셔 넣었다.

그때였다. 갑자기 무엇인가가 머리 위에서 주르륵 흘러내렸다. 요코가 사물함 위에 있던 꽃병을 들고 와서 그대로 내 머리 위에 쏟아붓고 있었다.

꽃이 흩어졌다.

축축한 물이 머리카락을 타고 흘렀다.

어깨를, 가슴을, 허벅지를 적셨다.

의자 위에도 물이 흥건했다.

나는 얼굴에 들러붙은 머리카락을 그대로 둔 채 쥐 죽은 듯 앉아 있었다.

요코가 내 반응을 기다리며 씩씩거렸다.

그때 나는 다시 한 번 치카와 눈이 마주쳤다.

마치 자신이 물을 뒤집어쓴 듯 고통스러운 표정을 짓고 있는 치카. 그러다가 깜짝 놀라며 고개를 돌리는 치카.

그 모습을 보면서 나는, 다른 애들이 날 도와주러 오는 게 생각보다 힘든 일일 거라는 것을 알았다. 나도 이렇게 된 후에야 처음으로 고통을 알게 됐으니까…….

예전엔 나도 치카를 바라보고만 있었다. 그러니 지금 이렇게 됐다고 애들에게 마음껏 화를 낼 수도, 치카를 몰아세울 수도 없는 일이다. '나는 아무 짓도 안 했어. 그냥 보기만 했으니 괜찮아'라고 스스로를 위로했는데 그게 얼마나 잔인한 짓이었는지. 괴롭히는 사람이나 그걸 보고 있는 사람이나 사실은 모두 똑같았던 거다.

치카도 지금의 나처럼 생각했겠지.

'왜 한 명도 도와주지 않지? 이렇게 애들이 많은데 왜 다들 모른 척하는 거지?'

그렇구나. 내가 남에게 했던 짓은 결국 나에게 되돌아오는 거구나.


요코 같은 아이들, 당하는 입장에 한 번도 놓여보지 않은 아이들은 지금도 이걸 단순히 게임이라고 생각할 거다.

그 애들에게는 어차피 상관없는 일이다. 치카를 괴롭히든 나를 괴롭히든 상대가 누구든 상관없이 그저 즐길 뿐이다. 실제로 누군가가 '너희들 뭐하고 있어?'라고 물어도 죄책감 없이 별거 아니라고 대답할지 모른다. 하지만 상대방이 숨죽여 울고 있는데 그걸 장난이라고 할 수 있을까? 고통스러운 목소리로 그만하라고 말하는데 어떻게 낄낄댈 수 있을까?

상대방의 마음에 귀 기울이지 않으면 어디까지가 장난이고 어디부터가 폭력인지 도무지 알 수 없는데.

나는 나 때문에도 화가 났다.
나 혼자만 가엾다고 생각했던 것 때문에.
매 순간 치카를 원망했던 것 때문에.
이런 일이 없었다면 아마 영원히 몰랐을 테지.

그 후로도 날마다 똑같은 일들이 반복됐다.
하지만 시간이 지날수록 요코 패밀리도 힘이 빠지는지 상습적으로 나를 차고 때리던 발길질은 조금씩 줄어들었다. 그 대신 말로 마음에 생채기를 냈다. 특별활동 시간에도 마찬가지였다. 배구부에 가면 아이들은 내 눈을 똑바로 쳐다보면서 "왜 왔어?" "우리 2학년 배구부는 열 명밖에 없는데 왜 한 명이 더 많을까?" 같은 말을 했다.

그 말들은 갈고리처럼 내 가슴속을 파고들어 심장 저 깊숙한 곳에 단단히 박혔다. 그럴 때마다 나는 귀를 막고 최대한 걸음을 빨리해 도망가곤 했다.

괴로워. 괴로워서 미칠 것 같아.


그래도 부모님께 털어놓을 수는 없었다.

엄마 앞에서는 아무렇지도 않은 얼굴로 "응응, 모두 잘 지내요."라고만 했다.

나는 거짓말쟁이다.

진실을 말할 수 있다면 얼마나 좋을까. 내가 얼마나 지옥 같은 나날을 보내고 있는지 말할 수 있다면……

하지만 그럴수록 입을 여는 건 더 힘들어졌다.

거짓말은 하면 할수록 쉬워진다.

하지만 마음은 점점 더 무거워진다.


내가 무슨 말을 할 수 있을까? 내 자식에게는 절대 그런 일이 없다고 굳게 믿고 계시는데.

내게도 자존심이란 게 있다. 애들이 나를 정당하게 대해 주지 않는다고 자존심까지 사라진 건 아니다. 부모님의 사랑스러운 딸이 학교에서는 따돌림받는 외톨이라고, 조를 짤 때도 항상 혼자 남아 눈치를 본다고, 점심시간에는 최대한 웅크린 채 밥을 먹고, 쉬는 시간마다 책상에 엎드려서 자는 척을 한다고 어떻게 말할 수 있을까? 아이들이 나를 벌레 보듯 본다고, 어떻게 말할 수 있을까?

측은해하는 엄마 눈을 보면서 울지 않고 어떻게 그 모든 말을 할 수 있을까?

부모님이 걱정하는 건 싫었다.

슬퍼하면서, 우리 애가 학교에서 따돌림당하는구나, 라고 생각하는 건 너무 너무 싫었다. 부모님의 표정을 머릿속으로 그려보니 도무지 입이 떨어지질 않았다.

'그래, 이런 얘기는 절대 할 수 없어.'

가장 싫었던 건 스스로 자신을 왕따라고 인정해야 한다는 사실이었다. 그게 제일 부끄럽고 비참했다.

매일 밤 잠들기 전에 내일은 아무 일 없이 행복하게 지낼 수 있게 해달라고 기도했다.

남들만큼 행복하지 않아도 괜찮다고. 그저 아무 일 없이 평범하게 지나가는 날이면 충분하다고. 그거면 정말 너무 감사하다고. 문득문득 끓어오르는 가슴속 응어리를 지그시 누르면서 그렇게 간절히 기도했다.

그러다가 아침이 되면 침대에서 한 발짝도 나오기 싫어서 꾸물거렸다. 학교에 가야 한다는 사실이 괴로워 어쩔 줄 몰랐다. 하지만 그럴 때도 억지로 침대 밖으로 발을 몰아냈다. 거울 앞에 서서 수십 번씩 웃는 얼굴을 연습하면서 이렇게 속삭였다.

'괜찮아, 스이카. 다시 웃을 수 있을 거야.'


그러다 딱 한 번, 아이들과 함께 있는 장면을 선생님께 들킨 적이 있다.

그때도 나는 요코 패밀리에게 둘러싸여서 괴롭힘을 당하고 있었다. 그런데도 선생님은 싸늘한 눈길로 우리를 한 번 쓱 훑어봤을 뿐 모른 척하고 그냥 지나가 버렸다. 선생님도 다른 아이들과 똑같았다. 이제 나란 존재는 선생님의 눈에도 보이지 않는 모양이다.

너무 괴로웠다. 무엇보다 괴롭다는 감정이 가장 컸다.

도대체 얼마나 시간이 흘렀을까? 도대체 이 고통은 언제쯤 끝이 날까?

이미 몸도 마음도 말할 수 없이 너덜너덜해졌는데.


그러던 어느 날, 깜깜한 새벽에 홀로 눈을 떴다. 그러고는 전에 없이 조바심을 내며 집을 빠져나왔다.

'지금 당장 학교로 가야 해.'

왜 갑자기 그런 생각이 들었는지는 알 수 없었다. 그저 초점 없는 눈으로 골목길을 더듬으며 학교로 내달릴 뿐이었다. 팔다리가 제멋대로 앞으로 나아갔다. 그러는 와중에도 내 머릿속은 이런 질문들로 가득 찼다.


이 새벽에 나는 지금 뭘 하고 있는 걸까?

나 정말…… 병들고 만 걸까?

그렇게 잘하고 있다고 다독였는데도 결국은 어쩔 수 없었던 걸까?

# 5

집에서 600미터나 떨어진 곳. 눈앞은 칠흑처럼 깜깜했고 골목길은 구불구불 좁고 길었다. 누가 뛰쳐나와 목을 조른다 해도 아무도 도와줄 것 같지 않은 그런 곳이었다. 하지만 두렵지 않았다.

'누구든 올 테면 와 봐. 무섭지 않아. 교실이 아니라면 학교가 아니라면 다 괜찮아. 아니, 사실 나 더 이상 살고 싶지 않아. 정말 이대로는······.'

나는 악몽 같은 현실에서 막 도망치려는 중이었다.

골목길도 집들도 모두 일그러져 보였다. 생기 없이 칙칙

한 회색 건물이 눈앞으로 수없이 날아들었다. 가만히 눈을 감자, 따뜻한 햇살과 사랑스러운 친구들의 얼굴 대신 잔인한 발길질, 비웃던 얼굴들만 가득 떠올랐다.

이제는 눈물도 말라 버린 것 같았다. 울컥, 목구멍 안쪽에서 신물이 올라왔다.

아무리 참고 또 참아 보려고 해도 이런 생활은 정말 싫었다. 괴로운 날들이 길어질수록 잘해보자는 마음은 약해지고 온몸에서 힘이 쑥 빠졌다. 용기도, 희망도, 기대도 모든 게 조금씩 사라지고 있었다. 내가 왜 이런 시간을 견디면서 살아야 하는지 그 이유마저도 점점 희미해졌다.

어차피 나 같은 건 없어지는 게 더 나을 텐데.


걸을 때도 앞을 똑바로 보지 못했다. 당당하고 시원스럽게 걷는 게 불편했다. 상대방과 얼굴을 마주하는 것도 두려웠다. 컴컴한 길을 따라 휘적휘적 걷고 있으니 여러 가지 일들이 머릿속을 스쳐 지나갔다. 발길은 여전히 학교 쪽을 향하고 있었다.

마침내 어둠 속에서 어슴푸레 학교가 떠올랐다.

어두침침한 빛 저 끝에.

멀리서 바라보는 학교는 아주 작았다.

'좋아, 그동안 내게 일어났던 일들과 그 지긋지긋한 게임을 하나도 빠짐없이 칠판에 적어주겠어. 나를 괴롭혔던 애들의 이름도 모조리 적어놓을 거야. 모든 사람이 다 볼 수 있도록 아주 크고 또렷하게. 그애들이 내게 한 짓을 몽땅 다 적어 놓을 거야. 그걸 읽고 너무 창피해서 비명을 지르도록 만들 거야.'

분노의 불길이 가슴속에서 활활 타올랐다.


학교까지는 이제 500미터쯤 남았다.

400미터,

300미터,

고작 100미터쯤 남았을 때 나는 몸을 부르르 떨었다.

사거리에서 오른쪽으로 돌면 바로 학교 정문이었다. 서둘러 발걸음을 재촉했다. 그때 쿵, 하는 소리가 들리면서 갑자기 몸이 공중으로 조금 붕 떠올랐다. 정신을 차려보니 내가 길바닥에 엎어져 있었다. 그리고 어둠 속 저쪽 끝에서도 무엇인가가 움직이고 있었다. 약하게 신음소리가 들려왔다.

나는 깜짝 놀라 희미한 어둠 속을 응시했다. 소리의 주인공을 찾아 고개를 이리저리 돌렸다. 한참을 그러고 있었더니 마침내 땅바닥에 주저앉은 한 소녀의 모습이 눈에 들어왔다. 나는 반사적으로 그 애에게 손을 내밀었다. 누군가에게 손을 내민 것은 정말 오랜만이었다. 너무 오랜만이라서 행동이 한층 조심스러웠다. 하지만 그 아이는 내 손을 잡으려고 하지 않았다.

이 아이 역시 내가 필요 없는 걸까?

그래도 급하게 몸을 돌린 건 나였으니까…… 미안한 마음에 다시 한 번 손을 내밀어보았다. 그러나 여전히 무반응. 난 작게 한숨을 내쉰 후 말없이 그 아이를 일으켜 세웠다. 옷에 묻은 먼지도 가볍게 털어주었다.

그제야 그 아이가 아주 작은 목소리로 이렇게 말했다.

"미안해요…… 고마워요."

금방이라도 어둠 속으로 스며들 듯한 목소리였다.

나는 그 아이가 마음에도 없는 소리를 한다고 생각했다. 방금 전까지도 내 손을 거부했던 애 아닌가. 하지만 반박은 하지 않았다. 오히려 조금 당혹스러운 기분이 들어 발끝만 쳐다보고 있었다. 그러자 그 아이가 나를 향해

고개를 까딱하더니 다시 주춤주춤 앞으로 나아가기 시작
했다.

그 모습이 이제 막 걸음마를 배운 사람 같았다. 다리를
후들후들 떨면서 걸어가는 폼이 너무 불안해서 도저히 눈
을 뗄 수 없었다. 바로 앞에 깡통이 나뒹굴고 있는데도 곧
장 걸어가더니 결국 깡통을 밟고 또 미끄러지고 말았다.
소녀는 잠시 땅바닥에 앉아 숨을 골랐다. 그러고는 또다시
일어나서 바로 직진이다.

'왜 저러지?'

그 아이는 여전히 앞으로 걸어가고 있었다. 한 걸음 한
걸음 신중하게 발을 옮기면서. 하지만 곧이어 몸이 점점
오른쪽으로 기울어지기 시작했다. 당황한 소녀가 두 팔을
펼쳐서 중심을 잡으려고 허우적대다가 가까스로 담벼락
을 짚었다. 그러자 안심한 듯 두 어깨가 '풀썩' 하고 움직
였다.

그러고 보니 아까 마주쳤던 아이의 눈이 조금 이상했다.
허공에 붕 뜬 시선 같다고나 할까.

난 걸음을 옮기지도 못하고 그 아이에게 다가가지도 못
하고 눈으로만 뒷모습을 쫓고 있었다. 그러다가 결국, 그

아이가 전봇대를 향해 씩씩하게 돌진하는 찰나 이렇게 소리 지르고 말았다.

"너, 앞을 못 보니?"

# 6

까맣게 반짝이는 운동장. 그 애와 나는 나란히 교정에 들어섰다.

학교는 그 아이가 가던 길과 정반대 쪽에 있었지만 아무래도 둘 다 마음을 진정시킬 필요가 있었다. 서로 말도 못하게 떨고 있었으니까.

달빛이 쏟아지고 있었다.

우리는 나무 벤치 위에 나란히 앉았다.

나는 슬그머니 소녀의 얼굴을 쳐다보았다. 달빛을 받아 빛나는 얼굴은 여자인 내가 봐도 정말 예뻤다. 보고 있는 내 얼굴이 붉어질 만큼. 머리는 새까맣게 길고 얼굴은 갸

름했으며 코는 어린애처럼 작고 입매는 부드러워 보였다.
가장 인상 깊었던 것은 커다란 눈이었다. 머리카락처럼 까
만 소녀의 눈은 뭔가를 감추고 있는 것처럼 신비로웠다.

독특하면서도 시선을 잡아끄는 얼굴이었다.

하지만 그 아이의 옷은 전혀 달랐다.

파란색에 하얀 물방울무늬가 점점이 박혀 있는 파자마.
끝은 너덜너덜했고 군데군데 실밥이 비죽 나와 있었다. 여
기 저기 흙도 조금씩 묻어 있었다.

가만 보니 얼굴 한쪽이 푸르스름한 게 멍이 든 듯했다.
잠옷에도 약간의 피가 묻어 있었다.

도대체 길을 따라오는 동안 몇 번이나 넘어진 걸까.

나는 그 아이의 발을 물끄러미 쳐다봤다.

노인들처럼 건강샌들을 신고 있었다.


한참을 침묵 속에 앉아 있다가 결국 우리는 누가 먼저랄
것 없이 조심조심 입을 열었다.

그 아이의 이름은 유리에. 나이는 나와 같지만 갑작스
럽게 교통사고를 당하는 바람에 학교는 쉬고 있다고 했다.
사고가 없었다면 어쩌면 나와 같은 중학교에 다녔을지도

모른다. 서로 친구가 됐을지도 모를 일이었다.

머릿속으로 그런 생각을 하고 있는데 입에서는 엉뚱하게도 다른 말이 튀어나오고 말았다.

"너, 앞을 전혀 못 보니?"

이런, 무례한 질문이었다.

그런데도 유리에는 담담한 얼굴이었다.

"응. 그런 셈이야."

부드러운 목소리였다. 그러나 이 시간에 뭘 하고 있었냐는 질문에는 끝까지 입을 열지 않았다. 그래도 시간이 지날수록 둘 사이에 흐르던 긴장감은 점점 옅어졌다. 처음에는 서로 눈치를 살폈지만 곧 원래 알고 있던 사이처럼 편안하게 말을 주고받았다.

오랜만이었다. 누군가와 함께 있는 것은.

유리에는 특별했다. 내 두려움을 잠재울 수 있을 만큼 따뜻하고, 편안하고, 즐거웠다.

밤공기는 여전히 축축하고 차가웠지만 나는 느낄 수 있었다. 우리를 감싸고 있는 아주 포근하고 기분 좋은 공기의 층을.

나는 너무 행복해서 울고 싶어졌다.

이렇게 눈치 보지 않고 마음껏 얘기할 수 있다니. 누군가와 함께 볼이 빨개질 정도로 웃고 떠들 수 있다니. 내 이야기에 진지하게 고개를 끄덕이고 미소 짓는 유리에를 보면서 나는 오랜만에 깊은 만족감을 느꼈다.

달빛은 이제 나와 유리에의 머리 위로, 뺨 위로, 어깨 위로 부서지고 있었다. 그 순간만큼은 내일이 있다는 것도 잊어버릴 정도로 행복했다.

"아, 좋다."

그러자 유리에가 응, 이라고 답했다.

"나 이런 시간 정말 오랜만이거든."

"나도⋯⋯."

유리에가 다시 한 번 작게 고개를 끄덕였다.

"저기⋯⋯ 우리 자주 만날래? 그러니까 내 말은⋯⋯."

"음⋯⋯ 매일 밤 여기에서 기다리고 있을게."

우리의 비밀스러운 만남은 그렇게 시작됐다.

그 후로 매일 밤 어두운 교정을 가로지르는 건 우리의 웃음소리뿐이었다.


유리에는 대단했다.

나는 유리에를 만날 때마다 진심으로 대단하다고 생각했다. 끔찍한 사고를 당했는데도 무너지지 않고 꿋꿋하게 최선을 다해 살고 있는 유리에.

우리는 어두운 교정에 앉아서 서로의 미래에 대해 말했다.

"유리에, 넌 나중에 뭐가 되고 싶어?"

"마음을 가르치는 선생님."

유리에는 망설이지 않고 대답했다. 그 또박또박한 말투가 몹시 당당하게 느껴졌다. 그때까지 나는 앞으로 뭘 하고 싶은지, 뭐가 되고 싶은지 진지하게 생각해본 적이 없었다. 그런데 유리에는 벌써부터 자신의 마음을 정확히 알고 있는 것이다. 그 순간 내가 마치 일곱 살짜리 철없는 어린애처럼 느껴졌다.

앞을 못 보는 유리에도 이렇게 당당하게 하고 싶은 일을 말하는데 나는 고작 죽는 일밖에 생각하지 못했다니.

"멋져, 유리에. 눈도 안 보이는데 그렇게 확실한 꿈을 갖고 있다니."

감격한 목소리로 힘주어 말하다가 아차, 하는 생각에 입을 다물었다.

"아…… 저기…… 눈에 대해서 말하고 싶었던 건 아니야. 그러니까 내 말은…….."

당황한 내 목소리에 유리에가 풋, 하고 짧은 웃음을 터뜨렸다.

"그래. 눈이 안 보이니까 더더욱 그렇게 되고 싶은 거야."

"응? 눈이 안 보이니까 더?"

"응."

나는 고개를 갸웃했다. 그러자 유리에가 다시 입을 열었다.

"난 말이야."

"응."

"눈이 안 보이기 전에는 배우가 되고 싶었어. 그땐 학교 선생님이 되고 싶다는 생각은 한 번도 해본 적 없어."

"그런데 지금은 왜……?"

"눈을 잃었지만 그 대신 다른 걸 얻었으니까. 눈이 안 보이게 되자 작은 것도 소중히 하는 마음을 배웠거든. 사실 너한테만 하고 싶은 얘기가 있어. 사고 후 아무한테도 말한 적 없는 거야. 있잖아, 난 시력만 잃은 게 아니야…… 그러고 보니 벌써 1년도 더 지났어."

유리에가 잠시 고개를 숙였다가 다시 말을 이었다.

"그 사고가 아니었더라면…… 나도 지금 네가 다니는 학교에 다녔을 거야. 막 입학을 앞둔 봄이었으니까. 그날 난 너무 들떠 있었어. 부모님과 함께 놀이공원에 가기로 돼 있었거든. 놀이공원 말이야, 정말 엄청나게 크고 사람도 많더라. 엄마는 놀이기구를 몇 번 타더니 '이젠 더 못 타겠어. 한계야!'라고 외치면서도 어린아이처럼 눈을 반짝반짝 빛냈어. 아빠는 그 옆에서 '겨우 5분 타려고 한 시간이나 줄을 서는 건 바보짓이야'라며 불평을 늘어놓고 계셨고. 하지만 사실은 모두 즐거워서 어쩔 줄 몰랐지. 그날 난 커다란 곰 인형을 선물 받았어. '유리에, 졸업선물이야. 전부터 갖고 싶었지? 이제 중학교 가면 공부 열심히 해야 해.' 아빠는 커다란 곰 인형을 품에 안겨 주면서 이렇게 말씀하셨어. 아…… 미안…… 갑자기 눈물이 나서."

우리는 잠시 동안 아무 말도 하지 않았다. 그저 자신의 발끝만 내려다보고 있었다. 무슨 말이라도 했다가는 유리에도 나도 눈물이 멈출 것 같지 않았으니까.

잠시 후 착 가라앉은 목소리로 유리에가 다시 말을 이었다.

"얼마나 기뻤는지 몰라. 돌아가는 길에서도 그 인형을 꼭 끌어안고 있었어. 라디오에서는 유명한 어떤 여자 가수의 노래가 흘러나오고. 가끔 그럴 때 있잖아…… 너무 편안하고 즐거워서 마음속이 꽉 찬 것 같은 기분이 들 때. 짧지만 정말 완벽하다고 느껴지는 순간들이 있잖아. 그때가 꼭 그랬어. 난 조그맣게 노래를 따라 부르며 창밖을 내다봤지. 그런데…… 정말…… 한순간이었어. 갑자기 쿵 하는 소리가 들리더니 곧이어 온몸이 찢기는 것 같은 거야. 고통스러웠어. 그때 나는 그만 정신을 잃고 말았어. 정신을 차렸을 때는 이런 소리가 들렸지. '저렇게 어린 것이 혼자가 됐네.' 우리 부모님, 즉사하셨대. 졸음 운전 중이던 트럭이 차를 들이받아서 차체가 우유 곽처럼 찌그러졌다고 했어. 그때 그 고통과 절망…… 아니, 아니야. 도저히 말로 설명 못하겠다. 나는 마지막으로 딱 한 번만 더 부모님 얼굴을 보고 싶었어. 그런데 그것마저도 허락되지 않았어. 난 살아남은 대가로 시력을 완전히 잃었거든. 고장 난 눈에서도 눈물이 나온다는 게 신기했지…… 도대체 왜 나만 살아

남았을까? 차라리 같이 죽어버렸으면 좋을 텐데. 끊임없이 이렇게 생각했어. 하지만 곧 깨달았어. 부모님이 날 지켜 주신 거라는 걸. 아빠가 품에 안겨줬던 인형…… 기억하지? 그게 바로 내 몸을 지켜주었던 거야."

마음이 아팠다.

"그때부터 아빠의 대학친구인 기무라 선생님이 날 돌보고 계셔. 의사 선생님이기도 하셔서 내 치료도 해주고 계시고. 지금도 선생님 댁에서 지내. 기무라 선생님이 날 보러 왔을 때 난 한 발짝도 밖으로 나갈 수 없었어. 거의 2년 동안 병원에서만 지냈거든. 병실의 창을 통해 들려오는 소리만이 내 세상의 전부였어. 그 후로 재활치료를 꽤 열심히 했어. 이것 봐, 이제는 혼자 걸을 수도 있잖아. 하지만…… 눈은 재활치료도 별 소용이 없어. 아무리 열심히 해 봐도 여전히 암흑 속이야. 앞을 봐도 옆을 봐도 뒤를 봐도 깜깜한 어둠뿐이야. 그 속에 나 홀로 갇혀 있어. 낮이 되면 잠깐 빛이 느껴지지만 밤에는 또다시 칠흑처럼 깜깜해져. 노력해도 어쩔 수 없어. 그래서 더 이상 예전처럼 웃을 수 없다고 생각했어. 아빠랑 엄마도 너무나 보고 싶고. 그런데 언젠가 이런 생각이 들더라. 다시 한 번 예쁘게 차려

입고 보통 사람들처럼 걸어 보고 싶다고. 하지만 기무라 선생님은 고개를 젓기만 했어. 위험하다 유리에, 이런 말씀만 하시면서. 그래서 어느 날 미친 척하고 혼자서 거리로 나갔어. '나도 똑같아. 다른 사람들과 다를 바 없어'라고 생각하면서. 앞에서 뒤에서 옆에서 머리 위에서 나를 둘러싼 모든 곳에서 엄청난 소음이 한꺼번에 쏟아졌지. 그런데 그렇게 소음의 한가운데에 서 있으니까 갑자기 너무 무서워지는 거야. 눈앞은 여전히 깜깜한데 처음 들어보는 소리들이 나를 에워싸고 있으니까. 허둥대다 누군가와 부딪혔지. 그러자 그 사람이 벌컥 짜증을 냈어. '눈도 안 보이면서 여기서 뭐 하고 있는 거야!' 목소리를 들어보니 내 또래 같았지. 마음이 찡하게 아파왔어. 알고 있었어. 친절한 사람만 있는 건 아니라는 거. 그래도 직접 당하고 보니 어쩔 줄 모르겠더라. 결국 선생님이 날 찾아냈지……."

달빛 아래서 본 유리에의 얼굴이 유리처럼 투명했다.

"뭐, 선생님은 노발대발하셨지만."

유리에가 쿡, 하고 다시 웃음을 터뜨렸다. 하지만 곧바로 양미간을 모으며 대단히 진지한 표정을 지어 보였다.

"있지, 나 또 하나 고백할 게 있어. 그때 내게 짜증을 냈던 아이 말이야. 길에서 부딪혔던 그 아이. 아주 짧은 시간이었지만 나 속으로 그 애를 엄청나게 증오했어. 그러다가 문득 이런 생각을 하게 됐지. 그 아이도 나도 스트레스를 많이 받은 탓이라고. 어쩌면 그 애, 공부나 열심히 하라는 엄마의 잔소리를 피해서 밖으로 나오던 길이었을 수도 있잖아. 학교에서도 공부만 하라고 하잖아. 우리는 다 다른 재능을 가지고 있는데 공부가 제일 중요해, 좋은 학교에 가야 해, 좋은 직장을 잡아야 해, 하는 식으로 모두들 한 가지만 강요하잖아. 그런데 정말 소중한 것들은 그런 게 아니잖아. 그래서 우리는 자꾸만 혼란스러워지는 거야. 나는 말이야, 아이들 마음을 닦아 주고 싶어. 깨끗하게 윤이 나도록. 공부보다도 더 소중한 '마음'을 가르쳐 주고 싶어. 만약 그때 두 눈이 멀지 않았다면, 이런 생각은 할 수 없었을 거야, 그렇지?"

그때만큼 유리에가 근사해 보였던 적은 없었다. 유리에의 얼굴이 달빛에 지지 않을 만큼 반짝반짝 빛나고 있었다.

이거 봐. 유리에는 혼자서도 열심히 살고 있어.

그에 비해 나는 너무나 바보 같은 걸.

그래, 기운을 내자.

절대 죽으면 안 돼.

잃어버린 것을 되찾은 느낌이었다. 어느새 내 얼굴에는 옅은 미소가 살그머니 떠올라 있었다.


나도 모르게 힘이 났다. 학교에서 괴롭힘을 당해도 더 이상 마음이 아프지 않았다.

'그래, 내겐 유리에가 있잖아.'

이런 생각만 하면 놀라울 정도로 힘이 솟았다. 어떤 차가운 말도 견딜 수 있었다. 아이들이 된장국에 우유를 부어도, 걸레를 던져도 정말 아무렇지 않았다. 여전히 집에서는 밥을 남기고 부모님께 거짓말을 할수록 마음은 무거워졌지만 유리에의 얼굴을 보는 순간 모든 것을 잊을 수 있었다. 슬픔도 괴로움도. 구토증 때문에 밥을 못 먹는 것도 다이어트라고 생각하면 그만이니까.

유리에, 유리에.

정말 고마워.


유리에는 긍정적으로 생각하는 법을 가르쳐주었다. 마이너스만 생각하다 보면 나빠지기만 할 뿐이다. 하지만 긍

정적으로 생각하면 아무리 나쁜 일도 결국엔 좋은 일로 바뀌게 된다. 하나님이 아무리 심술궂다고 해도 슬픈 일만 일어나는 인생은 없다. 언젠가는 반드시 즐거운 일이 찾아오는 법이다.

이 모든 걸, 유리에가 가르쳐주었다.


하지만 아무리 그렇게 생각해도 견디기 힘든 시간은 존재했다. 너무 힘들어서 도저히 참을 수 없는 순간들이 번번히 내 숨통을 조였다. 그런데 그럴 때마다 신기하게도 유리에는 이렇게 말했다.

"힘내!"

"응? 뭘?"

"스이카, 그냥 힘내는 거야."

따돌림당하고 있다는 사실을 말하지도 않았는데 어쩐지 유리에는 다 알고 있을 것 같았다.

마음의 눈으로 볼 수 있었던 거야.

너덜너덜해진 마음을 조용히 안아주는 유리에가 고마웠다.

그때마다 나는 다시 태어나는 것 같았다. 내 마음에 꽉 들어찬 증오를 조금이나마 덜어낼 수 있었다.


유리에를 만나면서 나도 꿈을 가지게 됐다.

나도 유리에처럼 선생님이 될 거야.

그래서 나처럼 괴로워하는 아이들을 도와주고 싶어.

유리에가 말했던 것처럼 나도 그 아이들의 지팡이가 되고 싶어.

나는 그 이야기를 유리에에게 들려줬다.

"나, 유리에 때문에 꿈을 찾았어. 나도 유리에처럼 선생님이 될 거야."

그러자 유리에가 부끄러운 듯 얼굴을 붉히더니 다시 한 번 힘내 스이카, 라며 격려해줬다.


그날 이후 나는 똑바로 앞을 보고 걷게 됐다. 그 전에는 언제나 고개를 숙이고 걸었었는데. 앞을 똑바로 볼 용기도 없었고, 위를 보면서 걸을 용기도 없었는데 지금은 때때로 하늘을 올려다보면서 '아, 정말 하늘이 바다처럼 파랗구나' 라거나 '굉장히 아름다워!' 하며 감탄하기도 한다.

유리에는 그저 어깨를 툭 치면서 "힘내!"라는 한마디만

했을 뿐인데 난 이렇게 강해졌다. 그 말이 근사한 마법이라도 부리는 모양이다. '힘내'라는 말이야말로 마음이 외로운 사람에게 가장 필요한 약이 아닐까?

난 줄곧 혼자였다고 생각했나. 불행해시기 위해서, 괴롭힘을 당하기 위해서 태어난 것만 같았다. 그런데 유리에를 만나고 나서 사랑이라는 걸 믿게 됐다. 이제 나는 혼자가 아니다. 결국 사람은 누군가를 사랑하기 위해서, 누군가에게서 사랑받기 위해서 태어나는 것이다.

몇 주 동안 현실 같지 않은 행복이 이어졌다. 너무 행복해서 두려울 정도였다. 나는 그 행복에 취해서 내 뒤를 쫓고 있는 불행의 그림자를 미처 알아보지 못했다.
갑자기 따돌림의 강도가 심해진 것이다.

눈앞에서 내 장례식이 치러졌다. 애들이 체육관 창고에 나를 밀어 넣고 문을 잠갔다. 점점 더 심한 욕을 해댔고, 다시 폭력이 시작됐다. 그렇게 되자 너무 괴로워서 유리에의 얼굴을 봐도 쉽게 마음을 진정시킬 수 없었다. 그럴 때마다 유리에는 몇 번이고 나에게 힘내, 라고 말해줬지만.

요코 패밀리는 시험 때가 다가오자 스트레스 때문인지 한층 더 나를 잔인하게 괴롭혔다.


드디어 일이 터졌다.

교실 문을 열고 들어서자 요코가 잔뜩 인상을 쓴 채 내 앞으로 다가왔다.

기다렸다는 듯 다른 애들이 내 주위를 둘러쌌다.

"스이카, 너 친구 생겼다면서?"

"······!"

난 눈가가 떨리는 것을 느끼며 말뚝처럼 서 있었다.

'위험해.'

위기감이 들었지만 이미 늦었다.

"너 같은 게 친구가 있어도 된다고 생각하니?"

"그러게. 너랑 놀아주는 그 애가 불쌍하다."

"너랑 노는 그 애도 곧 불행해질 거야!"

아이들이 이를 갈면서 으름장을 놓았다. 요코가 칠판 지우개를 높이 쳐들었다. 그러고는 내 얼굴이며 가슴을 사정없이 내리쳤다. 감색 세일러복에 하얀 얼룩이 잔뜩 묻었다.

분필가루가 먼지처럼 피어올라서 나는 계속 켁켁거렸다. 눈이 매워서 눈물까지 흘렸다. 그러나 아이들은 멈추질 않았다. 결국 나는 너무 지친 나머지 될 대로 되라는 심정으로 멍하니 서 있기만 했다.

그때였다.
담임선생님이 기척도 없이 불쑥 앞문으로 들어섰다. 한순간 정적이 흘렀다. 나는 분필가루를 뒤집어쓴 채 반쯤 뜬 눈으로 선생님을 쳐다봤다. 그러자 요코 패밀리가 별일 아니라는 듯 어깨를 으쓱하더니 제자리로 돌아가기 시작했다.
도와주세요, 선생님.
저를 냉정하게 버리지 말아주세요.
하지만 선생님은 나를 힐끗 보더니 오히려 버럭 화를 냈다.
"수업 시작하겠다. 스이카, 빨리 자리로 돌아가! 뭘 그렇게 멍청하게 서 있어!"
왜…… 선생님…… 왜…… 왜 저한테 화를 내시는 거예요.
선생님은 애들이 보는 앞에서 나를 무시했다. 이보다 더 나쁠 수는 없다. 선생님이 고개를 돌려버리는 순간부터 나는 누구에게도 보호받을 수 없는 존재가 됐다. 이제 2학년 3반에 다치야마 스이카란 존재는 없다. 그 모습을 보면서 요코 패밀리는 승리의 미소를 지었다.

분해서 눈물이 나올 것만 같았다. 지금까지 믿고 있던 것들이 모두 바사삭 부서지는 느낌이었다. 나는 후들거리는 다리를 움직여 간신히 내 자리로 돌아갔다.

……도대체 무엇을 기대했던 걸까? 전에도 고개를 돌렸던 선생님인데. 그걸 알고 있으면서도 역시 마음 한구석으로는 선생님에게 의지하고 싶었던 거다. 그때는 제대로 못 보셨던 거야, 라고 억지로 인정하지 않으면서.

하지만 눈앞에서 무시를 당하자 나는 충격에 휩싸였다.

이렇게 한다면 선생님이나 애들이나 똑같다고 생각했다.

그 후로는 아무것도 기억나지 않았다. 정신을 차렸을 때는 이미 집이었다.

내 몸의 상처는 몇 배로 늘어나 있었다.


"오늘 학교에서는 어땠니? 모두 사이좋게 지내지? 누가 괴롭히지는 않았니?"

엄마는 매일 똑같은 질문을 했고 나도 항상 똑같은 대답을 했다.

"아무 일 없어요, 전혀."

이런 악몽 같은 날들이 얼마나 더 이어질까?

그날은 평소보다 더 속이 울렁거려서 그만 젓가락을 놓고 말았다.


그날 밤, 언제나처럼 유리에를 만나러 갔다.

그런데 오늘은 유리에와 이야기를 나눠도 전혀 즐겁지 않았다. 도무지 웃을 수 없었다. 슬픔과 불안감을 떨쳐 버리려 애썼지만 도저히 불가능했다. 마음이 한없이 가라앉기만 했다.

혹시 어두운 곳에서 요코가 지켜보고 있는 건 아닐까.

유리에 뒤를 밟아 해꼬지라도 하는 건 아닐까.

유리에가 무거운 분위기를 느꼈는지 몇 번이나 따뜻한 말을 건넸다. 그때마다 나는 눈물이 쏟아지는 걸 간신히 참았다. 필사적으로 눈을 문지르면서 힘껏 미소를 지어봤다.


하지만 소용없었다.

매일 거울 앞에서 웃는 연습을 해봤지만 도저히 웃을 수가 없었다. 유리에를 생각해서 안간힘을 쓰고 있지만 더 이상은 안 될 것 같다는 생각만 들었다. 더 이상 어쩔 수 없을 정도로 마음이 구겨져버렸다. 이젠 아무리 걷어차이고 맞아도 아픔을 느낄 수 없었다. 감각이 마비됐다. 어떤 폭언을 들어도 마음이 돌덩이처럼 굳어버려 아무렇지도 않았다. 멍하니 있을 뿐이다. 마치 정신과 몸이 완전히 분리돼버린 것 같았다.

이제는 그 전보다 훨씬 상태가 나빠졌다.

늘 우울하게 바닥만 보면서 걸어다녔고, 마음속에는 증오와 적개심만이 가득했다. 게다가 나도 모르게 비굴하게 행동하기 시작했다.

또다시 살아 있는 것 자체가 대단히 쓸모없게 생각됐다.


유리에는 이렇게 말했다.

"어떤 일이 있어도 항상 즐거운 일만 생각하는 거야."

하지만 그 말은 내 마음속에서 점점 희미해졌다. 더 이상 웃는 법을 기억해낼 수 없었다.

몇 번이나 스스로에게 말했다.

'힘내자, 스이카.'

그러나 소용없었다. 거울 속의 내가 울면서 이렇게 중얼거리는 것 같았다.

'이제 힘이 없어. 미안해.'


마침내 난 방에 틀어박혔다. 학교에는 가고 싶지 않아, 방문을 걸어 잠그고 힘껏 소리쳤다.

그러자 엄마가 여분의 열쇠로 문을 따고 들어와서 당황한 얼굴로 나를 다그쳤다.

"왜 그런 바보 같은 소리를 해? 왜 가고 싶지 않은데? 이유를 말해야 알지."

"……."

"자, 얼른 이유를 말해봐!"

"……."

엄마, 내 입으로는 도저히 말하지 못하겠어요.

하지만 정말 모르시는 거예요?

내가 말하지 않아도 알아줄 수 있잖아요.

나는 끝내 대답하지 않았다. 그러자 엄마가 화를 내며 나를 밖으로 끌어냈다.

"바보 같은 소리 그만하고 얼른 학교에 가!"

이제는 집에서조차 내 자리가 없어져버렸다.


며칠 뒤 유리에를 만나던 밤, 나는 나도 모르게 신음소리를 냈다.

그러자 유리에가 다정하게 웃으면서 이렇게 말했다.

"요즘엔 '자기'를 잃어버린 사람이 많은가 봐. 왕따 놀이도 마찬가지야. '남들이 하니까 나도 한다'는 식이잖아. 마치 붉은 신호등이 켜져 있는데도 다른 사람이 건너니까 나도 건넌다는 식이야. 하지만 그런 건 정말 아니라고 생각해. 게다가 요즘은 정직하게 사는 사람들이 엉뚱하게 피해를 보는 일이 많아졌어. 그것 역시 못마땅해. 왜 올바른 일을 한 사람이 불행한 일을 당해야 하는 거지? 그러니까 말이야. 요즘 세상에서 가장 필요한 건 자신만의 생각이 아닐까. 그리고 남들에게 휩쓸리지 않는 강한 마음도."

나는 '왕따'라는 말에 흠칫 놀라고 말았다.

'유리에, 혹시 모두 알고 있었던 거야?'

유리에가 더듬더듬 내 손을 잡으며 다시 입을 열었다.

"스이카, 학교에서 무슨 일 있는 거니? 요즘 자꾸 우울해하는 것 같아. 그래도 우리에겐 꿈이 있잖아. 우리 꼭 함께 선생님 되는 거야. 그러니까 힘내자, 응?"

그래, 유리에에게는 마음의 눈이 있으니까 눈으로 보지 않아도 내 상황쯤 다 알고 있을지 몰라.

지금 내 심정도.

사실 줄곧 치카를 도와준 걸 후회하고 있었다. 그때 내가 나서지만 않았어도 이런 일은 일어나지 않았을 텐데…… 하며 엄청 후회하고 있었다.

그런데 유리에는 이런 마음까지도 다 알고 있는 걸까?


"스이카, 옳다고 생각하는 대로 행동하는 게 좋아. 한 번 뿐인 인생이잖아. 다른 사람에게 상처 주는 일만 하지 않는다면 가급적 자신의 생각대로 하는 게 좋아. 마음이 가는 대로 하다 보면 또 다른 나를 발견할 수 있거든. 그러니 이럴까 저럴까 망설이지 마. 했던 일에 자신감을 가져. 네가 옳다고 생각하는 길을 걸어가는 거야. 스이카는 그래도 되는 사람이야. 그렇지?"

그 말을 듣고서 다시 한 번 마음을 고쳐먹었다. '치카를 돕기로 결정한 내 선택'에 자부심을 갖기로 마음먹었다.

용기가 불끈 솟았다.

이런 마음, 유리에도 느끼고 있을 거야.

"고마워."

나는 유리에의 어깨에 얼굴을 묻고 몇 번이나 고맙다고
말했다. 고개를 들자 유리에의 얼굴이 내 쪽을 향해 있었
다. 눈동자가 한층 깊어 보였다.

"스이카, 있잖아. 이상하게 들릴지도 모르는데……."

"응?"

"스이카는 스이카지?"

"뭐라고……?"

"그러니까 스이카는 스이카지?"

"……."

"내가 하고 싶은 말은, 스이카는 스이카니까 억지로 다
른 사람에게 맞추지 않아도 된다고. 너는 세상에서 유일
한 존재잖아. 네가 지금 어떤 상황에 있든 어떤 말을 하든
난 무조건 네 편이야. 나 스이카를 진심으로 믿고 있어. 그
러니까 스이카…… 괴로울 때도 내가 옆에 있다는 걸 잊지
말아줘."

유리에는 그 말을 하고서는 부끄러운 듯 얼굴을 빨갛게

붉혔다. 그러더니 벌떡 일어나서 "이제 가야겠다, 안녕!"
하며 빠르게 걸어가버렸다.

아아, 눈물이 날 것 같았다. 가슴속에서 뭉클한 감정이
서서히 차올랐다.

고마워, 유리에.

내 마음을 이해해줘서.


다음 날.

나는 좀 더 행복한 마음을 안고 학교로 향했다. 그때 요
코가 다가왔다.

"어제 좋았니?"

"뭐…… 뭐?"

"내가 말했지? 너 같은 거랑 함께 있으면 그 애까지 불
행해진다고."

"맞아. 넌 완전히 낙오자니까."

옆에 있던 애들이 한마디씩 거들었다.

"너한테 어울리지 않는 애야. 걔한테 가까이 가지 마!"

"걔가 억지로 논다는 걸 모르니? 역시 바보 같다니까."

애들은 지치지도 않고 그런 말을 해됐다.

그런데 사람의 마음이란 참 이상하다. 처음에는 그럴 리 없다고 굳게 믿었는데 애들의 조롱이 계속될수록 자신감이 점점 더 바닥을 드러냈다. 그러다가 마침내 이런 생각에 사로잡히고 말았다.

난 남들에게 피해만 끼치는 존재인가.

정말 벌레 같은 존재일까.

유리에도 나를 귀찮아하고 있는 게 아닐까.

이런 생각이 점점 더 깊게 마음속을 파고들었다.

유일하게 믿었던 존재마저 잃어버리자 마음이 다시 흐느적거렸다.

학교, 집, 유리에, 어디에도 내가 있을 곳이 없었다. 이 세상 그 어디에도 내가 있을 곳이 없었다. 이제 아무것도 의미가 없었다. 학교는 지옥 같았고, 애들을 보기만 해도 죽이고 싶은 욕구가 맹렬하게 솟아올랐다.

'왜 나는 여기 있는 걸까? 왜 살고 있는 거지?'

슬픈 마음도, 눈물도 완전히 말라버렸다. 오히려 마음속이 텅 비어버렸다.

이제 인간다운 감정은 한 톨도 남아 있지 않다.

점심시간. 아이들은 여전히 시끄러웠다.

삼삼오오 모여 재잘재잘 떠드는 아이들. 하지만 내 주변은 고요했다. 같은 곳에 있어도 공간의 층이 나눠져 있는 것 같았다.

지겨워.

지겨워 죽겠어.

이제 끝을 내야 할 때야.

나는 아이들의 발길질과 폭언에 종지부를 찍기로 마음먹었다. 어느새 내 발이 창문 난간 위로 올라서고 있었다. 그곳에서 내려다보는 세상은 아주 조그맣고 평화로웠다.

그래, 이제 끝내는 거야.

내 몸은 생각보다 가볍게 하늘로 날아올랐다.

그리고 그 뒤를 이어 아이들의 찢어지는 비명소리가 길게 길게 이어졌다.

# 7

시끄럽다. 저 애들은 여전히 시끄럽구나.

그런데 내 마음은 아주 차분했다. 무섭다는 느낌은 없었다. 오히려 기뻤다. 이제야 지옥에서 해방되었구나, 홀가분하다, 이제 매일 밤 내일을 위해 기도하지 않아도 되겠구나, 하는 마음뿐이었다.

몸이 아래로 아래로 끝없이 떨어졌다. 아주 짧은 시간이었지만 내 눈에는 모든 풍경이 천천히 지나가는 것처럼 보였다. 오늘로 지옥 같은 학교와도 안녕이구나, 라고 생각하니 예전 일들이 또렷하게 머릿속을 스쳐 지나갔다. 모든 기억들이 파르르 몸을 떨며 하나하나 선명히 되살아났다.

애들에게 맞은 뒤 혼자 몸을 떨며 울었던 기억, 매일 저녁 거울 앞에서 물끄러미 바라봤던 상처투성이 몸, 산산조각 난 마음, 아프다며 울부짖고 싶었지만 애써 꾹 눌러 참던 기억. 괴로웠던 일, 힘들었던 일 그리고 유리에를 만났던 일.

유리에의 빛나는 얼굴, 따뜻한 목소리, 머뭇거리던 손짓. 그 구원의 순간들. 잠시나마 꿈을 품고 살던 날들.

모든 것들이 한꺼번에 천천히 떠올랐다. 머릿속이 과거의 기억들로 가득 찼다.

그러다가 불현듯 이런 마음이 들었다.

불쌍한 요코 패밀리.

"왜 뛰어내렸니?"

유리에가 이렇게 물어본다면 뭐라고 대답할 수 있을까. 어떤 말로도 내 행동을 정당화할 수는 없지만 언제까지 그렇게 살 수도 없었다. 고통만 가득한 나날들. 모두를 증오의 눈으로 노려보며 살아가는 날들. 물론 꾹 참다 보면 언젠가는 내가 아닌 다른 애가 게임의 대상이 됐을 거다. 요코 패밀리가 날 데리고 노는 데 질려버리면. 하지만 그때가 되면 나는 이미 만신창이가 돼서 회복불가능한 상태에 있겠지. 부모님과 유리에한테는 계속 거짓말을 하고, 어떻게든 당한 만큼 되돌려 주겠다는 마음으로 살아가겠지. 그래, 그랬을 거야. 틀림없이 그렇게 추하게 변해 있을 거야.

모두를 미워하기 전에, 아직은 조금이나마 요코 패밀리를 불쌍하게 생각할 수 있을 때 이제 그만 끝을 내고 싶었다……. 아직은 순수한 나를 지키고 싶었다.

천천히 눈을 감았다. 눈을 감은 것과 동시에 몸이 털썩하며 화단으로 내동댕이쳐졌다.

8

붉은 피가 새하얀 눈을 빠르게 물들이고 있었다.
그러나 나는 죽지 않았다.
두툼하게 쌓인 눈이 나를 받아냈다.

다시 한 번 눈을 떴을 때는 입에 녹색 호흡기가 물려 있었다. 수많은 기계에 둘러싸인 또 한 명의 내가 흰 시트 위에 누워 있었다. 기계에 의지해 목숨을 이어가고 있는 너무도 나약한 나.

삐…… 삐…… 삐…….

내가 살아 있음을 알려주는 기계음이 들려온다. 너무도

미약한 소리. 금방이라도 끊어질 듯 그 소리는 힘이 없다.

왜 죽지 않았을까? 2층이었지만 꽤 높았을 텐데…….

씁쓸한 마음으로 교실 창문과 화단 사이의 높이를 떠올리며 생각에 잠겼다.

그때 흰 가운을 입은 서른 살가량의 의사선생님과 눈물로 범벅이 된 엄마의 얼굴이 보였다. 엄마를 부축하고 서있는 아빠도.

의사 선생님이 내 얼굴을 찬찬히 들여다보며 입을 열었다.

"저희로서는 최선을 다했습니다. 이제 남은 것은 환자의 의지뿐입니다. 하지만 최악의 경우도 미리 각오하셔야 합니다. 이대로 혼수상태가 지속될 수 있으니까요. 그 정도 높이에서 떨어지고도 살아남은 게 오히려 기적이지요. 머리로 떨어졌는데 즉사하지 않았습니다. 그러니 희망을 가지십시오. 스이카는 분명히 다시 일어날 겁니다."

의사선생님은 말을 마친 뒤 가볍게 목례를 하고 병실을 떠났다.

엄마는 두 손으로 침대 시트를 짚고 나를 감싸 안는 것처럼 몸을 구부린 채 울고 있었다. 온몸이 부들부들 잔물

결치듯 떨리고 있었다. 뒤틀린 울음소리가 새어나왔다. 엄마가 손을 더듬어 내 손을 꼭 잡았다.

"눈을…… 떠보렴. 스이카…… 내 딸아."

엄마는 흘러내리는 눈물을 닦으려고도 하지 않았다. 눈물이 내 손에 뚝뚝 떨어졌다. 엄마는 끊임없이 울면서 내 이름을 불렀다. 아빠는 엄마 뒤에 서서 눈물이 가득 고인 눈으로 내 얼굴을 멍하니 바라보고 있었다. 어둠처럼 깜깜한 얼굴이었다.

이 모든 광경을 나는 하나도 빠짐없이 볼 수 있었다.

걱정스러운 표정의 의사선생님, 처절하게 우는 엄마와 정신을 놓아버린 듯한 아빠, 그리고 그 가운데 창백한 얼굴로 누워 있는 나. 나는 내 몸을 빠져나와 그 모든 광경을 하염없이 내려다봤다. 이 모든 것이 마치 우울하고 절망적인 한 폭의 그림처럼 보였다.

나는 아래에서 벌어지고 있는 광경을 더 이상 지켜보기 힘들었다. 그래서 고개를 돌리고 문 앞으로 다가갔다. 그러다가 문득 다시 한 번 뒤를 돌아보고 싶은 충동에 사로잡히고 말았다. 이제는 아빠가 어깨를 들썩이고 있었다.

"흐어엉, 흐엉……."

아빠가 아이처럼 울고 있었다. 낮으면서도 격한 울음소리였다.

엄마는 이제 아주 작아져버렸다. 내 손을 꼭 잡고 그 손에 온몸을 의지하듯이 동그랗게 몸을 말고 있었다.

처음 겪는 일이었다. 그런 부모님의 모습을 보는 건. 그 모습을 보자마자 숨이 꽉 막힐 정도로 가슴이 조여왔다.

고통스러워.

말할 수 없이 슬퍼.

한 번도 생각해보지 않았다. 엄마 아빠가 운다는 것은. 엄한 분들은 아니었지만 공부나 학업에 대해 얘기할 때만큼은 단호한 표정을 짓곤 하셨다. 나에 대한 기대를 그대로 드러내곤 하셨다. 다른 부모님들처럼 종종 내 딸이 일류 대학을 나와서 대기업에 들어갔으면, 하고 말씀하셨다.

"스이카는 강하고 야무지지. 늘 모범생이 되어야 해."

어렸을 때부터 그런 말을 듣고 자랐다. 사실 난 머리도 별로 좋지 않고 그렇게 강한 아이도 아니었는데. 그래서 일부러 더 씩씩한 모습을 연기했는지도 모른다.

"내 딸은 절대 따돌림 같은 거 당하지 않아."

부모님은 그렇게 철석같이 믿고 있었다. 그럴수록 난 진

실을 털어놓을 수도, 괴로움을 털어놓을 수도 없었다. 그래
서 늘 거짓말로 얼버무리며 사실을 숨기기에만 급급했다.

아니, 아니다.

이런 건 다 핑계다.

결국 말하지 않은 건 나다.

그런 생각들이 자꾸 머릿속에서 맴돌았다.

나 때문에 지금 부모님이 울고 계신다.

후회스러운 마음이 밀려왔다. 창문 난간에 서 있을 때만
해도 그렇게 홀가분한 마음이었는데 지금은 답답하기만
하다. 나는 필사적으로 머리를 흔들었다.

후회하는 마음을 지우려고 다시 두 눈을 꼭 감았다.


삐- 삐- 삐-.

다음 날, 기계가 내 심장의 움직임을 계속 기록하고 있
었다. 그 소리에 잠을 깬 나는 또다시 내 몸을 훌쩍 빠져나
와 내 앞에 서 있었다. 위에서 내려다본 내 몸은 역시나 낯
설었다. 침대 위에 누워 있는 저 창백한 아이가 정말 나란
말인가. 나는 방향을 돌려 문 쪽으로 내려왔다. 혹시나 하
는 생각에 문을 향해 그대로 몸을 밀었더니 놀랍게도 몸이

자연스럽게 스윽 문을 통과했다.

이제는 벽도 문도 마음대로 뚫고 다닐 수 있게 됐구나.


복도로 나갔더니 엄마가 두 손을 모으고 기도하고 계셨다. 어젯밤 한잠도 못 주무셨는지 얼굴이 꺼칠했다. 아빠는 초조한 발걸음으로 계속 복도를 왔다 갔다 했다. 재떨이에 수북하게 쌓여 있는 담배꽁초들. 아빠는 입이 마르는지 자꾸만 혀로 입술을 핥았다.

초조해하시는구나.

나는 아빠에게 달려가 헝클어진 머리카락을 매만져 주고 땀을 닦아주고 가능하면 꼭 안아주고 싶었다. 마음이 갈라지는 것 같았다. 너무 고통스러워서 더 이상 보고 있기가 힘들었다.

'그래, 일단 학교로 가는 거야.'

그러자 갑자기 몸이 붕 떠오르기 시작했다. 현기증이 일어 눈을 질끈 감았다가 다시 떴을 때…… 나는 어느새 학교 앞에 서 있었다.


학교는 무척 소란스러웠다. 하루가 지났는데도 웅성웅

성 시끄러웠다. 한쪽에서는 취재를 하느라 기자들이 분주하게 오가고 있었다.

그때 요코 패밀리가 우르르 몰려왔다. 모두 함께 등교하기로 한 모양이었다. 잔뜩 긴장한 얼굴들 속에 치카의 작은 얼굴이 섞여 있었다.

"너희, 2학년 3반이니? 사건에 대해 아는 거 없니? 그 애가 뛰어내린 이유 말이야."

기자가 요코 패밀리에게 뛰어왔다.

"글쎄요……? 이유를 알고 싶은 건 저희예요. 왜 그런 짓을 했을까요?"

말을 마치자마자 요코가 갑자기 격렬하게 흐느끼는 시늉을 했다. 죽은 친구를 그리워하는 착한 아이처럼.

"슬프겠구나. 그래도 빨리 벗어나야지. 어서 기운 내렴."

기자는 요코의 어깨를 가볍게 두드린 뒤 자리를 떴다. 기자의 모습이 시야에서 완전히 사라지자 요코가 살그머니 얼굴을 들고 붉은 혀를 삐죽 내밀었다. 그러면서 "나, 신문에 날까?" 하며 호들갑을 떨었다. 그 모습을 보고 있으려니 온몸이 분노로 부르르 떨렸다.

'완전히 미쳤어. 이런 속물은 상대할 필요도 없어.'

나는 여전히 호들갑을 떨고 있는 요코를 내버려두고 교무실로 들어갔다.

"이거 참 성가신 일이 벌어졌군."

"도대체 왜 뛰어내렸을까요?"

커튼을 내리고 창문을 꼭꼭 닫아건 채 선생님들이 교무실 한가운데 모여 회의를 하고 있었다.

"우리는 아무것도 몰랐으니까요."

"맞습니다. 왕따 같은 건……."

"그 아이, 도움을 청하지도 않았잖아요."

거짓말쟁이들이다. 다 알고 있었다. 그런데도 모르는 척하고 있을 뿐이다.

'모두 제정신이야?'

속이 부글부글 끓어올랐다. 선생님들의 모습은 나를 더 깊은 나락으로 빠뜨렸다. 요코처럼 부잣집 딸이고, 앞에서 생글거리는 애들은 언제나 사랑받는다. 게다가 요코네 아빠는 꽤 영향력 있는 의원이니까. 하지만 나처럼 평범한 데다 할 말 다하는 애들은 언제나 관심 밖으로 밀려나는 법이다.

텔레비전에서 이런 장면을 본 적 있다.

"따돌림당하고 있는 줄 몰랐다."

선생님이 어리둥절한 표정을 지으며 그 말을 하는 순간 당연하다는 듯 끝나버리는 인터뷰.

"왕따당하는 즉시 상담 요청하도록!"

선생님들은 그렇게 말한다. 하지만 정작 당하는 사람은 전혀 힘이 나질 않는다. 말한다고 해결되는 건 아니니까. 괜히 고자질했다가 상황만 더욱 가혹해질 뿐이다. 오히려 '왕따당하는 아이'라고 동정받는 게 더 창피하다.

직접 고백하지 않아도 먼저 알아줄 수는 없을까? 왜 수상한 분위기를 모른 척하는 걸까? 늘 함께 다니던 애들과 떨어져 다니는데.

설령 알아차린다 해도 아무것도 해주지 않을 거란 걸 알지만 속상한 건 어쩔 수 없다.


나는 그런 생각을 하면서 정처 없이 학교를 돌아다녔다. 교무실을 나왔다고 생각했는데 어느새 발길이 2학년 3반 쪽으로 향하고 있었다. 계단을 올라 복도를 지났다. 창문 밖으로 주차장이 보였다. 아직도 여러 명의 기자들이 그곳에 웅성웅성 모여 있었다.

지방이긴 하지만 전국에서도 수준 높기로 유명한 학교 아닌가. 밖에서 보면 청초하고 가냘프고 정숙한 여학생들만 있을 것 같은 이곳. 아이들 사이에 문제라곤 전혀 없을 것 같은데 2층 창문에서 멀쩡한 여학생이 뛰어내리다니. 아마 개교 이래 처음 일어난 대사건이 아닐까.

기자들은 하나같이 한 건 잡았다는 표정으로 선생님들을 기다리고 있었다. 호기심을 잔뜩 드러내면서. 그러나 선생님들은 커튼으로 창을 단단히 가린 채 좀처럼 나올 기색을 보이지 않았다. 이렇게 된 이상 어느 쪽이 더 끈질기게 버티느냐가 관건이다. 어차피 나와는 전혀 상관없는 일이지만.

몇 분 동안 밖을 내다보다가 곧장 걸었더니 화장실 옆, 2학년 3반 교실이 보였다.


웅성웅성, 와글와글.

아주 자연스럽게 교실로 들어갔다. 살아 있을 때는 들어가기가 죽기보다 싫었는데 이제는 발걸음이 가볍다.

즐거운 마음으로 내 자리에 앉아보았다. 책상 위에는 살아 있을 때와 똑같이 노랗고 하얀 국화꽃이 놓여 있었다. 늘 그랬던 것처럼 턱을 괴고 창밖을 바라보았다. 눈부시게 펼쳐진 파란 하늘. 이렇게 밖을 내다보고 있어도 누구 하나 시비를 걸지 않는다. 어느 누구의 방해도 받지 않는다는 게 너무 좋았다. 난 정말 편안한 기분으로 힌동안 넓은 운동장만 바라보고 있었다.

드르륵.

그때 교실 뒷문이 요란하게 열렸다. 화장실이라도 다녀온 걸까. 요코 패밀리가 교실 한가운데로 우르르 몰려 들어왔다. 그러자 여기저기 흩어져 있던 아이들이 한꺼번에 다가왔다. 요코는 책상 위에 앉고, 그 주위를 요코 패밀리가, 그리고 그 주위를 또 다른 애들이 둘러쌌다. 모두 모였다는 것을 확인한 뒤, 요코는 떠들기 시작했다.

"기자들이 정말 많이 왔어."

"맞아. 열다섯 명은 될걸?"

"아니야! 열다섯 명보다 더 많을걸?"

저마다 요란하게 떠들어댔다. 그때 다른 애가 말했다.

"그런데 정말 뛰어내릴지는 몰랐어."

"정말이야. 그런데 아직 살아 있나보던데."

그 말에 교실 안이 순식간에 조용해졌다. 내가 갑자기 정신을 차려서, 그동안 자기들이 한 짓을 모조리 폭로하면 어쩌나 다들 겁먹고 있는 것 같았다. 아이들의 얼굴이 점점 창백해졌다.

"우리는 괴롭히지 않았어. 그냥 게임이었으니까 신경 쓸 것도 없다고."

"맞아. 누가 우리한테 스이카에 대해서 물으면 그냥 모른다고 하자."

누군가가 불편한 분위기를 정리하겠다는 듯 미소를 지으며 말했다.

"근데 참 끈질기네. 차라리 빨리 죽어버리면 좋을 텐데."

요코였다.

피가 거꾸로 솟는 듯했다. 자리에서 벌떡 일어나 요코에게 한 방을 힘껏 날렸다. 주먹으로 얼굴 정면을 가격했다. 그런데 주먹이 얼굴에 부딪치는 느낌이 전혀 나질 않았다.

맙소사.

내가 있는 힘껏 주먹을 휘둘러도 요코는 깔깔대고만 있을 뿐이었다. 그러자 요코의 웃음에 전염된 듯 주변 애들도 신나게 웃어댔다.

모든 게 충격이었다. 이런 상황에서도 사람 대접을 못 받다니…… 화가 머리끝까지 치밀어 올랐다. 지금 내 몸은 병원 침대 위에 덩그러니 누워 있는데, 우리 부모님은 잠도 못 주무시고 기도만 하고 있는데 어떻게 저렇게 웃을 수 있는 걸까.

고작, 빨리 죽었으면 좋겠다는 말이나 하다니.

끓어오르는 화를 참을 수가 없었다.

그러나 분노와 증오를 더 키우고 싶지 않아서 입술을 꾹 다문 채 그들을 지나쳤다. 막 교실을 떠나려고 하는데 순간 치카의 얼굴이 눈에 들어왔다. 모두들 왁자지껄 떠들고 있는데 치카만 혼자 조용했다. 그 애는 교실 뒤에 서서 눈앞에서 벌어지는 광경을 조용히 바라보고 있었다. 다들 웃고 있는데, 요코에게 잘 보이려고 억지로 웃는 애도 있는데 치카만 아무 움직임도 없이 유령 같은 얼굴로 애들을 바라보다가 힘없이 고개를 떨구었다.

'치카, 무슨 생각을 하고 있는 거야?'

모두의 웃음소리가 울려 퍼지는 가운데 8시 45분이 되자 평소처럼 수업시간을 알리는 벨이 울렸다. 선생님이 창백한 얼굴로 교실에 들어와 자습을 하라고 하더니 다시 허둥지둥 밖으로 나갔다.

그러자 교실이 다시 소란스러워졌다. 그때 갑자기 요코 패밀리가 치카를 에워싸더니 험악하게 인상을 구겼다.

"야. 너, 이르기만 해봐."

"그 애가 뛰어내린 건 우리 때문이 아니야. 너 때문이라고."

"우리는 너랑 더욱 친하게 지내고 싶어. 네가 친구를 배신할 리 없지만 만약 그렇게 된다면 어떤 일이 벌어질지는 말 안 해도 알겠지? 앞으로 더 잘 지내보자."

요코가 치카의 어깨에 팔을 둘렀다. 치카가 초조한듯 입술을 잘근잘근 깨물었다.


으음…… 깜빡 잠이 들었던 모양이다.

치카가 걱정돼서 차마 교실을 떠날 수 없었다. 잠깐만 더 있자고 한 게 책상에 엎드려 깜빡 졸았던 모양이다.

창밖을 바라보니 저물어 가는 태양빛이 하늘을 붉게 물들이고 있었다. 저녁놀은 교실 안에도 붉은 그림자를 만들었다. 바닥과 책상, 사물함, 의자 위에도 그림자가 맴돌왔다.

그런데 오로지 나…… 나에게는 그림자가 없었다. 그림자가 없다니, 정말 기묘한 느낌이었다.

그때 누군가가 자박자박 내 책상 쪽으로 걸어왔다. 그 아이의 그림자 역시 지녁놀처럼 붉었다.

치카였다.

하교 벨소리가 울리는 교실에 치카는 홀로 서 있었다. 내 책상에 손을 짚고 멍하니 서 있다가 불현듯 손가락으로 내 이름을 적기 시작했다.

스이카. 스이카. 스이카. 스이카…….

치카는 내 이름을 수도 없이 적었다. 그러더니 문득 고개를 푹 숙였다. 흐트러진 머리카락 사이로 눈물방울이 뚝뚝 떨어졌다. 예전에 나를 보며 울었던 그때처럼. 나는 묘한 기분에 사로잡혔다.

'치카, 울지 마.'

하지만 곧 저 눈물도 거짓이 아닐까 하는 의심이 슬그머니 고개를 들었다.

'이제 더 이상 속지 않겠어. 저런 건 다 거짓말이야. 믿어서는 안 돼.'

그런데 눈물을 흘리던 치카가 곧이어 큰소리로 흐느끼기 시작했다.

"······미······미안해, 스이카······ 꼭 살아야 해. 살아서 이곳으로 다시 돌아와야 돼."

책상은 이제 치카의 눈물로 흥건했다. 치카는 그 후로도 한참을 울었다. 그러면서 계속 미안하다는 말만 반복했다.

괴로웠다.

더 이상 교실에 있을 수 없어서 밖으로 뛰쳐나왔다. 자살을 결심했을 때 맛보았던 통쾌함은 이제 온데간데없이 사라졌다. 머릿속이 실타래처럼 마구 엉켜버렸다.

그날 밤 나는 어두운 마음을 안고 유리에를 만나던 벤치를 찾았다. 그곳에 아직 아무것도 모르는 유리에가 홀로 앉아 있었다. 유리에의 얼굴이 초조해 보였다. 나는 유리에에게 다가가서 어깨를 가볍게 두드렸다.

"유리에, 나 여기 있어."

그러나 내 손은 유리에의 가냘픈 어깨에 닿지 못하고 그대로 통과해버렸다.

싫다, 이런 건.

내가 오지 않는데도 돌아갈 생각을 하지 않는 유리에를

보고 있으니 점점 더 기분이 가라앉았다. 갑자기 참을 수 없이 화가 났다. 학교 시계는 벌써 새벽 세 시를 가리키고 있는데 유리에는 좀처럼 돌아갈 생각을 하지 않았다. 그때 터덜터덜 누군가가 걸어오는 소리가 들렸다.

"스이카? 스이카니?"

유리에가 발소리에 금방 반응했다. 나도 흠칫 놀라 소리 나는 쪽을 돌아보았다.

"누구…… 야? 스이카가 아니잖아!"

유리에가 지금껏 들어본 적 없는 단호한 목소리로 어둠 속을 향해 외쳤다. 나는 유리에의 어깨를 감싸 안으려고 두 팔을 허우적거렸다.

'나쁜 사람이면 어쩌지. 유리에를 괴롭히면 어쩌지.'

그런데 어둠 속에서 모습을 드러낸 것은…… 뜻밖에도 치카였다.

# 9

"나…… 치카라고 해…….."

떨리는 목소리로 치카가 말했다. 나는 그 상황을 의심스러운 눈으로 지켜보고 있었다.

"치카라고? 그런데 무슨 일로……?"

유리에가 한껏 경계하는 목소리로 물었다.

"……."

치카는 머뭇거렸다. 그러자 예사롭지 않은 분위기를 느꼈는지 유리에가 조금 경계심을 풀고 말했다.

"잠깐 의자에 앉을래?"

치카가 고개를 끄덕이며 유리에 옆에 앉았다. 나는 긴장한 마음으로 그 모습을 계속 지켜보고 있었다.

"나, 스이카하고 같은 반이야."

치카가 조심스럽게 입을 열었다.

"그렇구나. 그런데 여긴 어떻게 알았니?"

"예전에 같은 반이었던 아이가 너희를 여기서 봤다고
해서……."

"그런데 무슨 일이야?"

유리에가 한결 부드러워진 목소리로 물었다. 몇 초 동안
치카는 아무 말도 하지 않았다. 갑자기 치카의 얼굴에서
커다란 눈물방울이 또르륵 하고 흘러내렸다.

"미안해. 나…… 나 때문에……."

"왜…… 왜?"

분위기가 심각하다는 것을 알아차렸는지 유리에가 약간
긴장된 어조로 물었다.

"스이카가…… 뛰…… 뛰어내려…… 벼…… 병원에 입
원했어. 흐흑…… 의식불명이야. ……심각하대."

치카는 계속 흐느꼈다. 유리에가 소스라치게 놀란 얼굴
로 치카 쪽을 바라봤다.

"뭐라고? 도대체 무슨 일이…… 아, 아냐. 어떻게 된 일

인지는 나중에 말해줘. 일단 빨리 그 병원으로 나를 데려다줘!"

치카는 소매로 눈물을 닦더니 유리에의 손을 잡고 병원을 향해 내달리기 시작했다.


아침 여섯 시. 벌써 해가 떠오르는 중이다.

"들여보내 주세요. 스이카를 만나야 해요!"

병원에 도착하자 유리에는 가쁜 숨을 헐떡이면서 엄마와 아빠에게 애원했다. 부모님은 얼굴을 마주 보며 힘없이 고개만 끄덕이셨다.

"들어가보렴."

대답할 기력도 없는 엄마를 대신해서 아빠가 대답하셨다. 유리에는 고개 숙여 인사한 뒤 치카의 손을 따라 침대에 누워 있는 내 곁으로 다가왔다.

유리에가 더듬더듬 내 팔을 쓰다듬다가 손가락에 힘을 주어 손을 꽉 잡았다. 그리고 그대로 자신의 볼에 갖다 댔다. 한동안 그렇게 가만히 있었다. 시간이 멈춰버린 듯 미동도 하지 않았다. 약하게 움직이고 있는 내 심장박동 소리를 듣고 있는 것도 같았다. 치카는 여전히 울면서 그 뒤에 서 있었다.

"정신 차려…… 스이카…… 부디 힘내."

유리에는 몇 번씩이나 그 말을 되풀이했다.

오전 8시 30분.

치카는 다시 학교로 돌아갔다.

학교 주차장에는 여전히 많은 기자들이 모여 있었고, 선생님들 역시 창문을 굳게 닫고 커튼을 드리운 채 침묵하고 있었다. 양쪽 모두 버티고 있었다.

텔레비전에서는 '지방 모 중학교에서 한 여자 중학생이 2층 교실 창문에서 뛰어내렸습니다. 여학생은 현재 의식불명이며……'라는 뉴스가 흘러나왔다. 병원 내 설치된 텔레비전에서도 하나같이 그 뉴스가 보도되고 있었다.

엄마와 아빠, 유리에는 멍하니 내 곁에 앉아 있었다. 그 모습들을 위에서 내려다보고 있자니 가슴이 저려왔다. 어제부터 머릿속을 혼란스럽게 만든 의문이 다시 떠올랐다.

나, 과연 잘한 짓일까.

그렇게 뛰어내린 거 정말 옳은 선택이었을까.

생각하면 할수록 머릿속이 터져버릴 것만 같았다. 큰 소리로 웃고 떠들던 요코 패밀리의 모습이 또다시 떠올랐고 나를 괴롭히면서 웃는 반 친구들의 모습도 떠올랐다. 그러자 '결국 뛰어내릴 수밖에 없었어'라는 마음이 다시금 고개를 쳐들었다. 하지만 울고 있는 부모님과 유리에를 보고 있으면 어느덧 패배감이 밀려들곤 했다.

나는 뺨을 때려보았다.

정신 차려, 스이카. 넌 해야 할 일을 했어. 그렇게라도 하지 않았으면……. 그랬잖아. 매일매일 반복되는 폭력과 견디기 힘든 폭언들에 지칠 대로 지쳤잖아.

"너랑 어울리면 불행해져."

그런 잔인한 소리도 들었잖아. 어느 누구에게도, 결국에는 유리에에게도 마음을 열지 못하고 더 이상 남을 믿을 수 없게 됐잖아. 그러니 결국 언제든 뛰어내릴 수밖에 없었던 거야. 괜찮아, 스이카. 그건 자신을 위한 올바른 선택이었어. 게다가 넌 그동안 잘 참았잖아. 아무리 괴롭힘을 당해도, 무슨 일이 있어도 요코 패밀리 앞에서 단 한 번도 울지 않았잖아. 등교 거부도 하지 않았고 결석도 한 적 없었잖아.


그랬다. 그 앞에서 울면 지는 거라고 생각했다. 결석하는 건 그 아이들로부터 도망치는 거라고 생각했다. 도망치고 싶지 않았다. 지고 싶지 않았다. 약한 모습을 보이거나 스스로 패배를 인정하는 모습은 단 한순간도 내비치고 싶지 않았다. 내게도 고집이 있고 자존심이 있으니까. 그래도 한때는 소중했던 다치야마 스이카니까.

패배하고 도망칠 바에야 차라리 죽는 게 낫다고 생각했다.

그렇지? …… 내 생각이 옳았던 거지?
나, 뛰어내린 거 절대로 잘못한 거 아니지?

나는 살아 있을 때처럼 불안하고 무섭고 혼란스러웠다.
울다가 웃다가 제정신이 아니었다.
어찌된 일인지 이제는 조금도 즐겁지 않았다.

저녁 무렵, 아이들이 모두 집으로 돌아가고 난 뒤 교실에는 종소리만 적막하게 울려 퍼졌다. 치카는 또다시 교실에 홀로 남았다. 서쪽 창문으로 스며든 태양빛이 치카의 뺨 위에 어른어른 붉은 수를 놓고 있었다. 치카는 교정의

외등이 하나둘 켜질 무렵까지 골똘하게 생각에 잠겨 있다
가 갑자기 병원을 향해 달리기 시작했다.


　이틀밖에 지나지 않았는데 엄마는 훌쩍 야위어버렸다.
피부도 표정도 꺼칠하기만 하다. 아빠 역시 예전의 멋지고
당당한 모습은 찾아볼 수 없었다. 더 이상 두 분은 금슬 좋
은 부부가 아니었다. 지금은 서로 말도 하지 않는다. 의사나
간호사가 말을 걸어도 입을 꾹 다문 채 내 얼굴만 바라보고
있었다. 유리에가 뭘 물어봐도 대답조차 하지 않았다. 두 분
모두 자신만의 슬픔 속에 완전히 갇혀 있는 것 같았다.
　가끔씩 엄마는 내 뺨을 어루만지고 머리카락을 쓸어 올
리며 할 말이 있는 듯 입을 조그맣게 움직였다. 그러다가
이내 다시 꾹 다물고 말았다.
　마음이 아팠다.
　치카는 병실 문 쪽에 서서 슬픈 얼굴로 두 분을 지켜보
고 있었다. 그러다가 불현듯 입술을 꼭 깨물고 주먹을 힘
껏 쥐었다. 치카 역시 뭔가를 말하려는 것처럼 입을 뻐끔
거렸다. 그러나 그 소리는 거의 들리지 않았다. 치카가 다
시 입을 다물었다.

유리에가 내 손을 꼭 잡은 채 애써 밝은 표정으로 엄마에게 말했다.

　"괜찮아요. 스이카는 반드시 일어날 거예요."

　엄마가 힘없이 미소를 지었다.

　그 모습에 마음이 움직였는지 치카가 다시 똑바로 앞을 바라봤다.

　"저…… 아저씨, 아줌마 그리고 유리에."

　치카의 눈동자가 강한 빛으로 일렁였다.

# 10

"뭐라고? 왜 그런 말을……? 대체 무슨 소릴 하는 거니!"
엄마는 이성을 잃고 울부짖었다. 아빠 역시 심각한 표정
으로 치카를 지켜보고 있었다. 유리에는 아무 말 없이 고
개를 숙였다.

저녁노을도 완전히 사라진 저녁 여덟 시 무렵, 짙은 어
둠이 바닥까지 깔렸다. 치카는 모든 것을 전부 다 이야기
했다. 아주 천천히…….
"스이카가 뛰어내린 건…… 실은…… 애들이 너무 괴롭
혔기 때문이에요."

병실 바닥만 굽어보고 있던 유리에와 엄마가 동시에 얼굴을 들었다. 치카는 몸을 떨면서 고개를 숙였다.

"죄송해요, 처음에 애들이 괴롭힌 건 저였어요. 그때 스이카가 제 편이 되어주었어요. 저는 그게 너무 고마웠어요. 그래서 스이카에게 무슨 일이 생기면 나도 꼭 도와주겠다고 결심했는데…… 그런데 아무것도 할 수가 없었어요. 오히려 다른 애들과 함께 스이카를 괴롭혔어요. 스이카는 저 때문에 그런 일을 당한 거예요. 그런데도…… 저는 또다시 제가 희생양이 될까 봐 두려워서 스이카를…… 다른 애들이랑 같이 괴롭혔어요…….""

갑자기 엄마가 벌떡 일어나서 치카를 향해 뚜벅뚜벅 걸어갔다. 그러더니 치카의 어깨를 홱 잡아채서 거칠게 흔들었다.

"뭐라고? 무슨 말이니? 스이카가 애들에게 따돌림을 당하고 있었다는 거니?"

"네……."

치카가 힘없이 고개를 떨구며 대답하자 엄마가 큰 소리로 울부짖었다. 그러다가 충동적으로 주먹을 쥐고 치카에게 달려들었다.

"그만둬!"

아빠가 말렸다. 병실 안이 소란스러워지자 간호사가 의사선생님을 데려왔다.

"진정하세요!"

간호사와 의사선생님의 말에도 아랑곳하지 않고 엄마는 더 크게 울부짖었다.

"너…… 너…… 스이카를 살려내, 우리 스이카…… 살려내란 말이야!"

마침내 엄마는 그 자리에 털썩 주저앉았다. 치카는 그런 모습을 보면서 눈물만 줄줄 흘리고 있었다. 그러면서 같은 말만 몇 번이고 되풀이했다.

"죄송해요…… 정말 죄송해요……."

의사선생님은 엄마에게 진정제를 놓은 후 다른 병실에서 잠깐 휴식을 취하게 했다. 내 곁에는 치카와 유리에, 아빠 이렇게 세 사람만 서 있었다.

비로소 유리에가 입을 열었다.

"왜 지금 그런 말을 하는 거니? 부탁이야…… 오늘은 이만 돌아가줘."

치카가 엉엉 울음을 터뜨렸다.

"미안…… 미안해……."

치카는 미안하다는 말을 남기고 힘없이 병실을 나갔다. 곧이어 아빠도 엄마가 누워 계신 병실로 갔다. 이제 나와 유리에 둘뿐이다.

"왜 아무 말도 하지 않았니?"

유리에가 울먹거렸다.

"네가 그런 고통을 당하고 있는 줄 미처 몰랐어……. 왜 이렇게 내 가슴을 아프게 하는 거니."

몇 번이나 그렇게 말했다.

나는 또다시 가슴이 먹먹해졌다.


엄마는 치카를 매몰차게 대했다. 화를 냈다가 무시했다가 심한 소리를 퍼부었다. 하지만 치카는 한 번도 거르지 않고 날마다 병실을 찾았다. 아침 일찍, 학교에 가기 전에 꼭 들렀다.

"뭐 하러 와! 돌아가!"

치카의 얼굴을 볼 때마다 엄마는 울부짖었다. '오지 말라'는 고함소리에 치카는 발길을 돌렸지만 때로는 쉬는 시간에도 학교를 빠져나와 병원까지 찾아왔다. 땀을 뻘뻘 흘리며 매번 그렇게 뛰어왔다.

그 모습을 보고 있자니 가슴 한 구석이 서서히 아려왔다.


'그렇게 심한 소리를 들으면서, 수업까지 빠지면서 왜 매번 날 찾아오는 거야. 사실 너만 나쁜 건 아니잖아. 요코와 다른 애들은 얼굴도 내비치지 않는데 왜 너는 매번 그렇게 오는 거야? 마음까지 다쳐가면서.'

나는 치카를 잘 안다고 생각했는데 지금은 뭐가 뭔지 아무것도 모르겠다.


그리고 드디어 사건이 터졌다.

기자들과 선생님들은 그때껏 눈치를 보며 버티고 있었지만 그 사건으로 인해 선생님들의 버티기 작전은 한순간에 물거품이 되고 말았다.

## 11

"잘못했어요……."

치카가 커다란 가죽소파에 앉아 있었다. 작은 책상을 사이에 두고 맞은편에는 야마이라는 이름의 기자가 앉아 있다. 밖에서 들어오는 햇빛은 블라인드로 거의 차단되었고, 그래서 방 안은 약간 눅눅하고 어둑어둑했다.

"왜 그런 일이 일어난 거니?"

부드러운 인상의 서른 살 전후로 보이는 기자 아저씨가 담담하게 물었다. 치카가 약간 머뭇거리며 말문을 열었다.

"스이카는…… 다치야마 스이카는 왕따를 당하고 있었어요. 저도 걔들과 같이 스이카를 괴롭혔고요. 처음에는 제가 먼저 당했는데 스이카가 제 편을 들어주다가…… 그 애들한테 찍힌 거예요. 나보다 몇 배, 몇 십 배는 더 심하게 당했어요. 인간 쓰레기니 벌레니 하는 소리까지 들었으니까요."

야마이 아저씨는 치카가 하는 말에 조용히 귀 기울이고 있었다. 치카의 목소리가 가늘게 떨렸다. 간간히 어깨도 들썩거렸다.

"물론 때리기도 했어요. 스이카가 쓰러졌는데도 모두 히죽거리며 발길질을 했어요. 숨이 막힐 것처럼 괴로워해도 그칠 줄을 몰랐어요. 그 애들은 스이카의 책상에 매일 국화꽃을 올려놓았어요. 저도 그랬고요. 점심 급식 때는 국에 우유를 섞기도 했고, 청소시간에는 쓰레기통을 뒤엎거나 빗자루로 밀거나 손잡이로 마구 때리기도 했어요. 저도 거기에 가담했어요."

치카는 숨도 쉬지 않고 단번에 말했다. 잠깐 둘 사이에 무거운 침묵이 흘렀다.

"선생님들은 모르고 계셨니?"

"분명히 알고 계셨을 거예요. 그렇지만……."

치카는 바닥을 내려다보며 말했다.

"고맙다. 말해줘서."

기자 아저씨가 치카의 말을 막으면서 손을 뻗어 부드럽게 치카의 팔을 잡았다.

그 손길이 너무 따뜻해서였을까, 아니면 드디어 진실을 밝혔다는 안도감 때문이었을까. 치카가 불현듯 얼굴을 일그러뜨리더니 괴로운 울음을 터뜨렸다. 얼굴을 두 손에 묻고 어린아이처럼 엉엉 울었다. 그동안 팽팽하게 당겨져 있던 가는 실이 툭 끊어진 것처럼 마침내 소리 내어 울었다.

야마이 아저씨는 그날 제일 마지막까지 남아 있던 기자였다. 치카는 어렵게 결심을 했고, 그에게 사건의 전모를 밝힌 것이다.

"미안해, 스이카. 지금 와서 미안하다고 해봤자 아무것도 달라지지 않겠지만 이 말밖에는 생각나질 않아. 미안하다는 말, 너무 늦게 해서 정말 미안해."

치카는 몸부림치며 울었다. 아저씨가 치카의 머리를 조용히 쓰다듬어주었다.

사실 생각해보면 가장 괴로웠던 사람은 치카가 아니었을까. '나까지 스이카를 괴롭히면 안 돼'라고 생각하면서도 한편으로는 '괴롭히지 않으면 또다시 내가 당해'라고 매일 매일 고민했을 거다. 그 두 마음 사이에서 치열하게 싸우느라 언제나 괴로웠을 것이다.

그런데도 치카는 날마다 병원에 찾아온다. 치카만 나쁜 게 아닌데, 항상 치카만 엄마의 분노를 참아내고 있다. 스이카가 뛰어내린 건 나 때문이야, 하고 자신을 책망하면서.

게다가 이 사건이 기사화되면 자신이 가장 곤란해진다는 걸 잘 알면서도 이렇게 진실을 말하고 있다. 또다시 같은 꼴을 당할지 모르는데……. 불현듯 홀로 교실에 남아 울고 있던 치카가 떠올랐다.

예전엔 나도 치카를 괴롭혔으면서…… 그 사실을 까맣게 잊어버리고 '내가 도와주었다'는 옹졸한 눈으로 그 애를 원망만 했었지.

이제 치카는 야마이 아저씨 앞에서 울고 있었다. 그칠 줄 모르는 긴 울음. 아저씨는 아무 말 없이 치카의 등을 어루만져주었다.

기분이 아주 이상했다.

그 모습을 보는 순간 마음속에서 응어리 하나가 스르륵 사라지는 듯한 기분이 들었다. 암흑처럼 깜깜했던 마음속에 밝은 빛이 약간, 아주 약간 비쳤다. 그 빛을 따라 어떤 출구 하나가 열리는 것 같았다.

비로소 증오 하나가 사라졌다.

내가 2층에서 뛰어내린 지 열흘이 지났다. 병실에 있는 텔레비전 화면에 우리 학교가 비쳤다. 이번 주 발매되는 주간지에도 학교 사진이 실렸다. '중학교 여학생 자살시도, 역시 집단 따돌림 때문인 것으로 밝혀져'라는 기사와 함께.

기사는 야마이 아저씨가 쓴 것이었다. 그동안 입을 다물고 있던 선생님들도 더 이상은 사실을 숨길 수 없었다. 그날 2학년 3반은 여느 때와 다르게 심각한 분위기였다. 치카가 교실에 들어가자 요코와 그 무리가 기다렸다는 듯 주위를 빙 둘러쌌다.

"너지? 기자한테 떠벌린 게!"

"그냥 두지 않을 거야! 똑똑히 기억해둬."

수업을 알리는 벨소리 때문에 험악한 분위기는 일단 수습되었다. 그래도 치카는 조금도 두려워하지 않았다. 예전처럼 몸을 웅크리고 벌벌 떨지 않았다. 오히려 예전보다 몸집이 몇 배는 더 커 보였다.

물론 왕따를 피할 수는 없었다. 치카는 또다시 표적이

되었다. 하지만 어떤 괴롭힘을 당해도 예전처럼 울지 않았
다. 아무렇지도 않은 얼굴로 똑바로 앞을 바라봤다.

그날 점심시간, 다들 이야기꽃을 피우느라 교실 안은 떠
들썩했다. 그 틈에서도 요코는 치카를 괴롭히는 데 집중하
고 있었다.

"스이카는 아직도 안 죽었니? 정말 질기네. 너랑 둘이
빨리 죽어버리면 좋을 텐데."

얄미운 얼굴로 요코가 싱글거렸다. 그러자 처음으로 치
카가 입을 열었다.

"뭐라고? 너 지금 제정신이야? 너 지금 무슨 말을 하
고 있는지 알기나 해? 그게 얼마나 무섭고 잔인한 말인지
알기나 해? 너희들! 너희들 정말 악마 같아. 속까지 완전
히 썩었다고. 지금껏 너희들이 무슨 일을 저질렀는지 알고
나 있어? 게임이라고? 웃기지 마! 너희들이 당해도 게임이
라고 실실거릴 거니? 이제 이런 지독한 짓은 그만둬! 우리
가 스이카를 창문에서 민 거잖아! 우리가 괴롭혀서…… 그
래…… 그래서 스이카가 뛰어내린 거잖아! 양심도 없어?
그런데도 계속 그렇게 모르는 척할 거니? 양심이란 게 좀
있어봐! 이제 나는 너희들이 두렵지 않아. 가만히 당하고

만 있진 않을 거라고!"

낮은 목소리로 단호하게 말하던 치카가 마지막에는 울
부짖듯 외쳤다. 그러자 아무도 입을 열지 않았다.

"나를 바보 취급하는 건 상관없어. 직성이 풀릴 때까지
마음대로 하라고. 하지만 스이카에게 빨리 죽으라는 말은
하지 마. 스이카의 부모님 심정이 지금 어떤지 알기나 해?
유리에가 얼마나 괴로워하는지 너희들이 알아?"

치카가 주위를 둘러보며 다시 목소리를 낮춰 말했다.

"스이카가 죽을지도 모르는데 어떻게 모두들 웃고 떠들
수 있는 거니? 요코가 또다시 누군가를 괴롭히려고 하는데
어떻게 다같이 함께 웃을 수 있어? 바라만 보고 있는 건 괴
롭히는 것과 마찬가지야! 모두들 자신이 무슨 짓을 하는지
진짜 모르는 거야?"

흔들리는 목소리가 교실에 가득 퍼졌다. 절규하는 듯한
목소리. 다들 한마디도 내뱉지 못했다. 5교시를 알리는 벨
소리만 공허하게 울릴 뿐이었다.


다시 어둠이 내렸다. 나는 평소와 다름없이 병실로 돌아
왔다. 그때 병실에서 낯선 목소리가 들렸다. 목소리의 주인

공은 야마이 기자 아저씨였다.

"죄송합니다. 마음대로 기사화해서."

부모님도 유리에도 대답하지 않았다. 그래도 야마이 씨는 말을 멈추지 않았다.

"지금 무척 괴로우실 거란 거 압니다. 유리에도. 하지만 치카도 똑같이 괴로워하고 있다는 사실을 알아주셨으면 합니다. 스이카가 따돌림당했다는 것을 알게 된 것도 치카가 말해주었기 때문입니다. 치카는 며칠 전 용기를 내서 저를 찾아왔습니다. 진실을 밝히기 위해서죠. 이 일이 기사화되면 또다시 예전처럼 괴롭힘을 당할 거라는 걸 알면서도 말입니다. 그걸 각오하면서까지 사실을 말해주었습니다. 치카 혼자 스이카를 괴롭힌 것은 아닙니다. 오히려 다른 아이들이 스이카를 더 심하게 괴롭혔어요. 그런데도 혼자서 모든 것을 끌어안고 자기 때문이라며 자신을 책망하고 있는 겁니다. 그러니까 여러분도 부디 알아주시길 바랍니다. 그 애도 괴롭고 힘들다는 걸요. 전 이만 가보겠습니다. 빨리 따님이 회복되기를 기도하겠습니다."

그때 유리에가 물었다.

"왜 이렇게까지 치카를 감싸는 거죠?"

"글쎄…… 예전의 나를 보는 것 같아서. 나도 그 애와 같은 입장이었거든. 그런데 나는 아무것도 하지 못했단다. 진실을 말하고 싶었지만 용기가 없었지. 그래서 두려워하면서도 나를 찾아온 치카에게 많이 감동했단다."

아마이 아저씨는 그 말을 마지막으로, 다시 부모님께 정중히 인사를 하고서 병실을 나갔다. 그러자 엄마가 무너지듯 의자에 몸을 기댔다.

"알고…… 있어. 그 애만 잘못한 게 아니라는 걸. 그저…… 나는 그저 누군가 원망할 상대가 필요했던 거야. 하지만 사실은 누구보다도 내 자신을 용서할 수가 없었어. 내가…… 엄마인 내가 아무것도 눈치채지 못했다니. 내 딸이 고통받고 있다는 걸 까맣게 모르고 있었다니. 그래. 딱한 번 스이카가 속내를 드러낸 적이 있었어. 학교에 가기 싫다면서 방에 틀어박힌 적이 있었지. 그런데 난 그 애를 억지로 떠밀었어. 내가 그 애를…… 그렇게……."

엄마가 절규했다.

"아니에요, 아주머니. 제가 잘못했어요. 전부 제 잘못이에요. 제가…… 제가……."

문 밖에서 듣고 있던 치카가 문을 열고 뛰어들어 왔다.

치카 역시 울고 있었다. 엄마와 치카는 아무 말 없이 서로를 바라보더니, 꼭 끌어안고서 함께 울었다.

야마이 씨의 기사가 세상에 알려진 뒤 치카는 제2의 외톨이가 되었다. 하지만 예전처럼 심하게 괴롭히는 사람은 없었다. 물론 요코 패밀리가 끊임없이 치카를 눈엣가시로 여겼지만 앞에서 괴롭히는 대신 뒤에서 귀에 들릴 만큼 커다랗게 욕을 퍼붓는 수준에서 그쳤다.

요코 패밀리는 웬일인지 제법 기가 죽어 있었다.

그 일을 제외하고는 모든 게 차츰 회복되는 듯했다. 특히 2학년 3반의 변화가 가장 컸다. 아주 미미한 수준이었지만 치카에게 미안하다고 말하러 오는 아이가 생겼고, 병원에 와서 몇 번이나 나와 부모님께 잘못을 비는 친구도 있었다. 그런 애들에게 부모님은 이렇게 부탁했다.

"이제 미안하다는 말 대신…… 스이카의 회복을 기도해주렴."

치카는 더 이상 울지도 않고 혼자 멍청하게 서 있지도 않았다. 그리고 이제는 외톨이도 아니었다.

모두들 조금씩 어른이 되고 있었다.

그런데 나만 혼자 2층에서 뛰어내린 날 그대로였다. 앞으로 나아가지도 못하고 뒤로 돌아갈 수도 없었다. 아무리 둘러봐도 출구가 보이지 않았다.

어느새 짙어진 풀 향기가 코끝을 간지럽혔다. 바람에서 따뜻하고 부드러운 봄의 기운이 느껴졌다.

하지만 내 마음은 아직도 얼어 있었다. 그때 그대로, 고독한 겨울상태 그대로 멈춰 있었다. 그런 어정쩡한 상태가 싫었다. 어떤 식으로든 빨리 결말이 났으면 좋겠다는 마음뿐이었다. 상황도 점점 좋아지고 있고 더 이상 미련을 가질 것도 없는데…… 이제 그만 끝내야지 하고 생각하면 갑자기 눈앞이 깜깜해져서 출구가 더욱더 아득해졌다.

도대체 어떻게 된 거지.


밤 열두 시. 부모님은 바닥에 이불을 깔고 얕은 잠에 빠져 있었다. 유리에는 두 분이 잠든 것을 확인하더니 내 곁으로 다가왔다.

"스이카, 이대로 영영 잠들어버리는 건 아니지? 네 목소리를 더 이상 들을 수 없는 건 아니지?"

블라인드 사이로 스며든 달빛 때문인지 유리에는 처음 만났을 때보다 훨씬 더 창백하고 말라 보였다. 그래서인지 깨지기 쉬운 유리 인형처럼 불안해 보였다.

"우리, 다시 함께 앉아 있을 수 있는 거지?"

갑자기 유리에가 흐느끼기 시작했다. 지금까지 강하고 굳센 모습만 보이던 유리에가 그렇게 정신없이 우는 것을 보고 난 깜짝 놀랐다.

유리에도 힘들어하고 있다.

나는 모두를 괴롭히고 있다…….

괴롭고 슬펐다. 더 이상 이런 모습을 보는 게 싫어서 귀를 막고, 눈을 감고, 고개를 돌렸다.


다음 날은 아침부터 큰 비가 내렸다. 좌악 좌악 쏟아지는 거센 빗발. 여전히 내 몸에는 생명연장장치가 매달려 있었다. 혹시라도 내가 영원히 일어나지 못하는 건 아닐까 다들 불안해하는 모습이었다.

치카는 오늘도 병실에 잠깐 얼굴을 내민 뒤 등교했다. 아침이 되자 유리에는 평소의 모습으로 돌아와 있었다.

점심시간. 교실에서는 요코 패밀리를 제외한 아이들이

치카를 중심으로 종이학을 접고 있었다. 그중에는 다른 반 아이도 끼어 있었다. 점심시간을 30분 이상 남기고 마침내 천 마리의 종이학이 완성됐다.

그리고 치카와 다른 두 명의 여자애(이제 치카에게도 친구가 생겼다)가 반의 대표로 종이학을 들고 나를 찾아왔다.

"스이카, 빨리 일어나. 기다릴게."

세 사람은 내 침대 머리맡에 종이학을 내려놓았다. 잠시 침묵이 흐르고, 누군가가 입을 열었다.

"언제쯤 일어날까?"

그때 밖에서 빛이 번쩍이고 동시에 콰르릉 천둥이 쳤다. 낮인데도 하늘이 어두컴컴했다. 입을 여는 사람은 단 한 명도 없었다. 마침내 적막한 분위기를 깨고 치카가 울음을 터뜨렸다. 하얀 시트를 꼭 쥐면서 다급하게 입을 열었다.

"나 아직도 스이카에게 중요한 말을 하지 못했어. 눈을 보면서 미안하다고…… 고맙다고…… 말하고 싶었는데. 그 말을 하지도 못했는데…… 스이카, 제발 눈 좀 떠봐!"

두 친구도 함께 울기 시작했다.

"빨리 눈을 떠!"

"……."

부모님도 울고 계셨다. 모두들 눈에 띄게 불안해했다.

그때 유리에의 버석버석한 목소리가 병실에 울려 퍼졌다.

"스이카가 없었다면 아마 나, 지금 이 자리에 없었을 거야. 사실은…… 스이카를 처음 만났던 날 자살하러 가던 길이었어. 그동안 너무 괴로웠거든. 눈도 안 보이고, 부모님도 안 계시고……. 내가 있는 세상에는 빛도 없고 아무것도 없었어. 그런데 그날 스이카를 만난 거야. 그러고서 빛을 찾았어. 알겠지, 스이카? 네 덕분에 지금 난 여기 있는 거야! 스이카, 빨리 눈을 떠야지. 아직 네게 중요한 말을 하지 못했어. 아직 고맙다는 말도 하지 못했단 말이야!"

그렇게 유리에는 흐느꼈다.

병실 안은 그대로 울음바다가 되었다.


나도 모르게 눈물이 쏟아져 내렸다 .

지금까지 무슨 일을 당해도 다 참을 수 있었는데. 나를 괴롭히는 애들이 무슨 짓을 해도 절대 울지 않았는데. 눈물을 흘리는 방법조차 잊었다고 생각했는데. 그런데도 애들의 말을 듣는 순간 눈물이 멈추지 않고 자꾸만 흘러내렸다. 흐르는 눈물을 닦고 또 닦아도 자꾸자꾸 눈물이 두 볼을 타고 흘러내렸다.

이게 바로 '운다'는 것이었다. 콧속은 맹맹하지만 마음속 깊은 곳은 시원해지고 가벼워지는 깃. 바로 이거야말로 '운다'는 것이리라.

이어 치카가 띄엄띄엄 말문을 열었다.

"나, 스이카 덕분에 지금까지 견딜 수 있었어. 난 네가 필요해. 그러니까 제발 눈 좀 떠봐! 부탁이야, 스이카!"

치카는 뚝뚝 흘러내리는 눈물을 주체하지 못하고 몸부림치며 울고 있었다.

치카의 말을 들으니 더욱 눈물이 났다. 나는 얼굴을 타고 쉼 없이 흘러내리는 뜨거운 눈물을 손으로 닦으면서 내가 울고 있음을 실감했다. 그런데 그때 정말 기적 같은 일이 일어났다. 갑자기 내 마음속에 똬리를 틀고 있던 새카만 응어리가 흔적도 없이 사라지면서 지금까지 보이지 않던 '출구'가 눈을 제대로 뜰 수 없을 만큼 찬란한 빛을 내며 눈앞에 또렷하게 나타났다. 출구는 바로 내 앞에 있었다.

나는 그 출구를 멍하니 바라봤다.

그러면서 절실히 깨달았다.

'지금껏 기다렸던 말이 이거였구나.'

그래, 그랬다. 나는 지금까지 줄곧 누군가에게 꼭 필요한 존재라는 걸 확인받고 싶었던 거다.

'너는 내게 정말 필요한 사람이야.'

내가 바라던 그 말을 유리에와 치카가 해주었다.

"스이카는 내게 꼭 필요한 사람이야!"

그 말을 듣자마자 난 모든 것에서 해방된 기분이 들었다. 마음속 깊은 곳에 뭉쳐 있던, '사람은 혼자야. 남을 믿으면 안 돼'라는 생각이 송두리째 사라져버렸다. 그리고 창을 때리는 빗줄기처럼 눈물이 하염없이 두 볼을 타고 흘러내렸다.

아래를 내려다보니 침대 위에 죽은 듯 누워 있던 나도 울고 있었다. 눈물이 번져 시야가 흐릿했지만 내 눈에는 똑똑히 보였다. 또 다른 내가 한 줄기 눈물을 흘리는 것을. 나만 본 게 아니었다. 부모님도, 치카도, 유리에도 그 모습을 목격했다. 모두들 일제히 소리를 질렀다.

"스이카?"

"스이카야?"

"이제 정신이 든 거야?"

하지만 그 눈물이 마지막이었다.

눈물이 얼굴을 타고 흘러내리기도 전에 갑자기 '삐—' 하는 건조한 기계음이 병실에 울려 퍼졌다. 내 심장이…… 죽어가고 있었다.

엄마는 두려운 얼굴로 아빠 곁에 바짝 달라붙었다. 치카는 믿을 수 없다는 표정이었다. 커다랗게 뜬 눈이 공포와 슬픔으로 얼룩져 있었다. 그때 유리에가 더듬더듬 머리맡에 있는 벨을 찾아 힘껏 눌렀다.

탁탁탁탁……!

의사선생님과 간호사가 복도를 달려오는 소리가 들렸다. 의료진은 황급히 병실 문을 열고 들어오더니 내가 좋아하는 푸른색 체크무늬 파자마를 후다닥 벗겨 냈다. 의사선생님은 멈춰버린 내 심장을 어떻게든 살려 보려고 온몸에 부착된 기계를 치우고 열심히 심장 마사지를 하기 시작했다. 동시에 간호사에게 지시를 내려 내 몸에 새로운 기계를 매달게 했다. 그러는 가운데서도 쉼 없이 손을 움직였다.

또다시 번개가 치고 천둥이 울렸다.

내가 누워 있는 병실에서는 촌각을 다투는 긴박한 전투가 벌어지고 있었다.

내 몸은 서서히 굳기 시작했다. 엄마가 곁에 다가와 내 왼손을 꽉 쥐고는 아무 말 없이 눈물을 흘렸다. 아빠와 친구들이 서로의 손을 꼭 붙잡았다.

"힘을 내! 스이카."

유리에는 입술을 깨문 채 내 오른손을 잡았다.

"힘내…… 스이카, 제발 정신 차려……."

유리에는 끊임없이 같은 말을 되뇌고 있었다.

하지만 모두의 필사적인 노력에도 불구하고 나는 점점 더 죽어가고 있었다. 심장 마사지로는 안 되겠다고 판단한 의사선생님이 마침내 전기쇼크를 가했다. 한 번, 두 번, 세 번……. 전기충격이 거듭될 때마다 내 몸은 위아래로 심하게 요동쳤고, 심장은 다시 움직이는가 싶다가도 이내 멈췄다. 나를 살리기 위해 온몸에 땀을 흘리면서 혼신의 노력을 하는 의사선생님. 마사지를 시작한 지 30분이 더 지났지만 그의 바쁜 손길은 단 1초도 멈추지 않았다.

"스이카, 어서 정신 차려야지. 왜 자고만 있는 거야? 빨리 일어나. 명랑한 목소리 다시 들려줘야지…… 스이카!"

그렇게 말하면서 점점 차가워지는 내 손을 열심히 문지르는 유리에. 엄마는 내 얼굴을 어루만지면서 울먹거렸다.

"벌써 아침이야, 스이카……."

끝말은 거의 들리지 않았다.

"제발…… 사랑한다, 내 딸아."

아빠의 목소리가 귓가에 맴돌았다.


나는 처음으로 죽고 싶지 않다고 생각했다.

'다시 한 번 살고 싶어.'

뛰어내린 뒤 처음으로 이런 생각을 하고 말았다. 지금까지는 빨리 죽을 생각밖에 하지 않았는데 나를 위해 이렇게 슬퍼하는 사람이 있다는 걸 알게 되자 너무나 살고 싶었다. 지금껏 아무도 날 필요로 하지 않는다고 제멋대로 믿고 있었는데, 아무 관계도 없는 나를 위해 온힘을 쏟는 의사선생님을 보면서, 나를 위해 울고 있는 가족들과 친구들을 보면서 미치도록 살고 싶어졌다. 어떻게 해서든 일어나고 싶었다.

'이대로 죽기는 싫어.'

하지만 내 몸은 이제 창백하다 못해 흙빛을 띠고 있었다. 손은 차갑고 딱딱했다. 살고 싶다고 생각해도 너무 늦었다. 필사적으로 내 몸 안으로 들어가려 해도 이제는 내 몸이 나를 거부했다. 몇 번이나 시도해 봤지만 마찬가지였다.

'이젠 틀렸어. 나는 죽는 거야……'
그런 생각이 들자 말할 수 없이 두려워졌다. 처음으로 '공포'를 느꼈다. 너무 무서워서 눈물이 멈추지 않았다.
'나 왜 이렇게 떨고 있는 거지.'

"스이카, 힘내! 정신 차려!"
엄마도 아빠도 유리에도 치카도 울음 때문에 꽉 잠긴 목소리로 절실하게 외쳤다. 나는 그 목소리에 다시 힘을 내서 땀을 줄줄 흘리며 몸 안으로 들어가려고 발버둥쳤다. 내 얼굴 역시 눈물과 땀으로 번들거렸다. 의사선생님의 긴장된 손길이 또다시 바빠졌다.

그러나,
삐—.

모두의 필사적인 노력에도 불구하고 죽음을 알리는 차가운 소리가 기어코 울려 퍼졌다.

"2시 32분…… 다치야마 스이카. 사망했습니다, 죄송합니다."

맥이 뛰는 곳에 손을 갖다 대더니 의사선생님이 마침내 입을 열었다. 심장이 정지한 지 꼭 한 시간이 지났다.

울부짖는 엄마와 간신히 엄마를 붙잡고 있는 아빠.

"의사는 뭐하는 거야? 어서…… 어서 이 애를 살려내. 스이카를, 스이카의 눈을 뜨게 하란 말이야! 어서!"

그렇게 외치면서 엄마는 의사선생님에게 달려가 몸을 부르르 떨었다. 의사선생님의 어깨도 가늘게 떨리고 있었다.

"거짓말, 다 거짓말이지? 씩씩한 목소리 다시 듣게 해줄 거지? 장난치는 거 맞지…… 스이카?…… 그렇지, 스이카?…… 스이카야!"

유리에는 내 팔을 흔들며 소리 내어 울었다. 엄마도, 병실에 있던 다른 사람들도 마찬가지였다.

그런 가운데서도 의료진들은 내 몸에 달려 있던 많은 기계들을 서서히 떼어냈다.

탁—.

장비를 챙겨서 돌아가는 의료진 뒤로 문이 닫혔다. 병실이 무서울 정도로 고요해서 그 소리가 평소보다 훨씬 더 크게 느껴졌다. 그곳엔 이제 남겨진 사람들의 슬픔만이 떠돌고 있었다.

난 눈물을 멈출 수가 없었다.

미안해, 유리에. 네가 그렇게 슬퍼할 줄 몰랐어. 겨우 두 달 전에 만났는데 나를 이렇게 걱정해줄 거라고는 생각도 못했어. 14년 동안 만났던 친구들보다 더 걱정해줄 줄 몰랐어.

엄마, 아빠. 나를 그렇게 사랑하는 줄 몰랐어요. 부모님께 난 필요한 존재가 아니라고 생각했는데.

모두들…… 미안해요…… 정말로.


곧이어 아련한 금빛 연기가 내 주변을 감쌌다. 잠시 후 엄청난 힘이 내 몸을 끌어당겼고 그렇게 나는 준비되어 있던 출구로 잡아당겨지듯 빨려 올라갔다.

나는 그렇게 소중한 사람들 곁을 떠났다.

# 12

내가 죽은 뒤 한참 동안 유리에와 엄마는 넋이 나간 듯 멍해 있었고, 치카는 장례식장에서 또 한 번 펑펑 눈물을 흘렸다. 놀랍게도 요코와 패거리들도 장례식에 참석했다. 무슨 이유에선지 그들도 아주 잠깐 동안 눈물을 흘렸다.

그 모든 광경을 보면서 가슴이 아팠지만 이제 내 마음속 어디에서도 원망이나 미움은 찾아볼 수 없었다. 나를 무겁게 짓누르고 있던 그 좋지 못한 감정들이 하나도 남김없이 사라져버렸다. 스스로도 깜짝 놀랄 정도로.

내 죽음은 야마이 기자에게도 알려졌다.

"정말 안됐습니다……."

야마이 씨는 나를 위해 진심으로 울었다.


또다시 몇 개월이 흘렀다. 슬픔의 시간은 서서히 지나갔
다. 두껍게 내려앉았던 고통의 무게도 조금씩 사라지고 있
었다. 그리고 마침내 치유의 시간이 돌아왔다. 엄마에게도
아빠에게도 그리고 유리에게도. 게다가 차갑게만 느껴졌
던 학교에도.

2학년 3반이었던 애들은 다시 3학년 3반이 됐다.

며칠 전 요코 패밀리는 새로 전학 온 아이를 타깃으로
삼아 또다시 나쁜 짓을 하려고 했다. 내가 죽은 후 다른 아
이들은 사랑의 힘을 되찾았지만, 요코 패밀리는 그렇지 못
했다.


정말 대단하다. 요코 패밀리.

새로 전학 온 아이는 학교 분위기에 적응하느라 약간 위
축된 것 같았다. 그걸 이유로 요코 패밀리는 또다시 그 애를
괴롭히기 시작했다. 그런데 나서서 말리는 애들이 없었다.

가슴이 짜르르하게 아렸다.

예전의 일을 벌써 잊어버린 걸까. 내가 죽었을 때 울었던 마음을 또 잊어버린 걸까. 이렇게 해서는 아무리 세월이 흘러도 왕따가 사라질 리가 없잖아!

니는 초조한 눈으로 그 모든 광경을 내려다보고 있었다. 치카는 누군가가 용기를 내길 기다리고 있었던 모양이다. 하지만 아무도 말리지 않자 조심스럽게 자리에서 일어났다. 그때였다. 말없이 지켜보고 있던 아이 중 한 명이 자리에서 벌떡 일어나며 소리쳤다.

"그만 좀 해!"

그러자 다른 애들이 너도 나도 한마디씩 하기 시작했다.

"맞아. 그만해!"

"그래, 너희들 그러는 거 이제 지겨워!"

"못된 것들."

요코 패밀리의 얼굴이 새빨갛게 달아올랐다. 그들은 그 후로도 몇 번이나 왕따 놀이를 시작하려고 했지만 그때마다 애들의 매서운 눈초리가 그 뒤를 따랐다.

브라보!

이제 3학년 3반은 아주 평화롭다. 사이가 너무 좋아서 곁도는 아이가 하나도 없을 정도다.

어느 날 치카가 요코 패밀리를 저지했던 아이에게 다가가 이렇게 물었다.

"너…… 그때 왜 그만두라고 말했어?"

"예전에 네가 말했잖아. 보고만 있는 것도 괴롭히는 거랑 마찬가지라고. 그 말이 생각나서 정신이 번쩍 들었어……. 스이카는 죽었잖아. 그래서 난 스이카에게 용서를 빌 수 없었어. 그걸 생각하면 아직도 가슴이 아파. 그래서 결심했어. 적어도 더 이상은 그런 아이가 생겨선 안 된다고."

대답을 하는 그 애의 눈동자에 눈물이 비쳤다. 난 그 말을 듣고 행복해서 가슴이 터질 것만 같았다.

지금도 내 책상 위에는 꽃병이 놓여 있다.

예전처럼 차가운 국화꽃이 아니라 따뜻한 마음이 담긴 각양각색의 아름다운 꽃들이 꽂혀 있다. 날마다 새 꽃을 가져오는 애도 있고, 물을 갈아주는 애도 있다. 나는 하늘에서 그 모습을 내려다보면서 항상 눈물을 흘린다.


고마워, 애들아.

너희들의 따뜻한 마음이 날 다시 살렸어.

그리고 지금 유리에는…….

빅뉴스다!

드디어, 유리에가 시력을 되찾았다, 야호!

그 맑고 깊은 눈동자에 다시 빛이 생기다니.

엄마가 내 각막을 유리에에게 기증했다.

"스이카도 이걸 원했을 거야."

각막 이식, 말은 쉽지만 부모님에게는 고통스러운 결정
이었다. 차갑게 굳어버린 몸에 불과하지만 부모님은 내 몸
에 상처 하나 내고 싶어하지 않았다. 그러나 마지막에 마
음을 바꿔서 유리에에게 새로운 세상을 선물했다. 그건 나
와 유리에를 위한 부모님의 선물이자 하나님께서 주신 선
물이었다.


아, 또 하나의 빅뉴스.

유리에는 눈이 회복되자마자 복지 시설로 가겠다고 했다.

"이제 눈이 보일 거니까요. 더 이상 선생님께 짐이 되고
싶진 않아요."

담담한 유리에의 목소리.

그때 엄마가 유리에를 붙잡았다.

"……너와 함께 있고 싶구나."

누구도 예상하지 못한 말이었지만 아빠 역시 그 말에 천천히 고개를 끄덕였다.

유리에는 아무 말도 하지 않았다. 하지만 곧 눈물이 그렁그렁한 눈으로 부모님을 바라봤다.

"……정말, 그래도 되나요?"


나는 뛸 듯이 기뻤다. 소중한 친구 유리에와 내가 사랑하는 부모님이 함께 있을 수 있다니. 그만큼 서로를 깊게 생각하고 있다니.


하루, 이틀, 사흘, 나흘. 일상은 평화롭게 흘러갔다. 모든 사람들의 생활도 순조롭게 흘러갔다.

그렇게 상처는 아물고 또다시 행복한 일상이 이어졌다.

물론 내가 남긴 상처는 영원히 치유될 수 없을지도 모른다. 엄마도 아빠도, 유리에도 내 생각이 날 때마다 멍한 눈으로 하늘을 바라보곤 했으니까.

나 역시 마찬가지다.

아직도 괴롭다. 내가 사랑하는 사람들을 울게 하고, 그들이 나 때문에 슬퍼하고 그때마다 꼭 안아 줄 수 없다는 사실 때문에.

과거는 쉽게 떨쳐 버릴 수 없는 법이니까.

엄마와 아빠, 유리에는 자주 내 무덤을 찾았다. 평소에는 활기차게 생활하다가도 나를 만나러 올 때는 표정이 한없이 어두워지곤 했다. 내 무덤을 볼 때마다 눈물을 흘렸다. 사진 속 내 얼굴을 하염없이 쓰다듬으면서.

그러면 나도 따라 울게 된다.

그 모습을 보면서 함께 우는 것밖에는 아무것도 할 수가 없다. 난 어떻게든 말해주고 싶었다. 나의 소중한 사람들에게 전해주고 싶었다.

"슬퍼하지 마요. 나를 위해 울지 마요. 난 지금 행복해요. 정말이에요."

하지만 내 목소리는 그들의 귀에 닿지 않았다. 나는 이런 무력한 내 모습에 화를 내다가 결국 소리 내어 엉엉 울고 말았다.


나는 간절히 기도했다.

'도와주세요. 이제는 행복하게 나를 추억할 수 있게 도

와주세요.'

타는 듯한 바람을 담아 기도하고 또 기도했다.

그러자 내 기도가 한순간 부드러운 바람이 됐다.

그 바람이 울고 있는 사람들의 얼굴을 조용히 어루만졌다.

"스이카?"

"스이카니?"

바람에 내 향기가 실렸던 걸까? 엄마도 아빠도 유리에도 갑자기 고개를 들면서 내 이름을 불렀다. 유리에가 바람에 뺨을 맡긴 채 반짝이는 눈으로 하늘을 올려다봤다. 그러고는 이렇게 속삭였다.

"스이카. 이젠 그만 울어야 하나 봐. 네가 항상 곁에 있는 게 느껴져. 그걸로 충분해."

하늘은 눈이 시릴 정도로 파랬다. 마치 세 사람을 응원하는 것처럼.

엄마도 아빠도 유리에도 하늘을 올려다보며 천천히 고개를 끄덕였다.

## 13

어수선하던 날은 이제 다 지나갔다.

마침내 결코 올 것 같지 않던 봄이 찾아왔다.

고독하고 쓸쓸하던 겨울은 이제 사라졌다.

나 자신과 싸워야 했던 겨울. 따돌림과 죽음을 상대로 싸워야 했던 외로운 겨울. 그 겨울이 다 지나가고 내 마음속에도, 모두의 마음속에도 봄이 다시 찾아왔다.

지금까지의 일을 천천히 떠올려본다.

괴로웠던 기억, 유리에를 만나 즐거웠던 기억, 자살을 결심하기까지 내 마음을 괴롭혔던 또 다른 기억들……. 생각해보면 나는 항상 원망과 미움을 품고 있었다.

하지만 유리에를 만나면서부터 가짜 자신을 버리고 진짜 내 모습을 되찾았다. 원망과 미움으로 똘똘 뭉쳐 있는 동안에도 항상 이런 생각을 하곤 했다. 원망에 가득 차서 살기보다는 진정한 나 자신으로 살고 싶다고. 인간으로 태어났으니 인간답게 살고 싶다고. 세상에 단 한 명밖에 없는 나로 태어났으니까 그것은 너무도 당연한 바람이었다. 하지만 그렇게 생각해도 원망과 증오의 뿌리가 너무 깊어서 쉽사리 벗어날 수가 없었다.

그런 나에게 유리에는 가장 중요한 것을 가르쳐줬다.
바로 '마음'이라는 보석을…….

나는 엄청난 착각을 하고 있었다.

등교 거부나 우는 것, 엄마에게 진실을 털어놓는 것 모두, 지는 거라고 생각했다. 지긴 싫다고 생각했다. 창피하게 사느니 차라리 용감하게 죽는 게 낫다고 생각했다.
하지만 그건 용감한 게 아니었다. 그게 바로 도망치는

거였다. 그동안 나는 혼자만의 고집 속에 빠져 있었던 거였다.

살다 보면 누구나 자신을 필요로 하는 사람을 만나게 된다. 지금 당장 그런 사람이 곁에 없다고 해서 아무 짝에도 쓸모없고 누구도 날 좋아하지 않는다고 생각할 필요는 없다. 그 시간이 지나면 또 따뜻한 마음을 만나게 되는 법이다.

반드시.

인간은 혼자가 아니니까.

참을 수 없어서 풀썩 주저앉고 싶을 때는 차라리 잠깐 쉬는 게 낫다. 마음도 몸도 지쳐 있는데 억지로 참으면서 발을 질질 끌고 나아갈 필요는 없다. 충분히 쉰 다음 다시 걸어가는 거다. 그렇게 쉬다 걷다 하다 보면 언젠가는 반드시 올바른 길이 나온다. 그리고 그 길 끝에 다다르면 자신을 기다리는 누군가를 만날 수 있다. 마음을 나눌 수 있는 진정한 친구를.

유리에는 이제 혼자 울지 않는다. 눈물을 흘리는 대신

웃는 얼굴로 나를 찾아온다.

"미안해. 사실은 더 빨리 말했어야 했는데……."

오늘 유리에는 크게 심호흡을 하면서 미안하다는 말 대신 다른 말을 전했다.

"스이카, 고마워. 항상 고마워."

방긋 웃는 유리에의 얼굴이 말갛게 예뻐 보였다. 유리에의 눈에 눈물이 고였지만 여전히 입가에는 미소가 가득했다.

이제 유리에는 흔들리지 않는다. 더 이상 방황하지 않는다.

그 아름답고 생기 있는 눈동자를 보며 나도 방긋 웃었다.

나를 위해서, 유리에를 위해서, 그리고 모두를 위해서.

# 마지막 쪽지 P.S.

있잖아.

나 이제 괜찮아.

소중한 사람들을 통해서

용기와 씩씩함, 따뜻한 마음씨를 배웠으니까.


그러니 너도 용기를 내야 해.

절대로 자신의 목숨을 버리지 말 것.

한동안은 뭔가를 해냈다는 생각에 잠깐 행복할 수 있어.

하지만 그건 가장 잘못된 선택이고,

세상에서 제일 비겁한 짓이야.

난 너무 늦게 깨달았어.

그러니 무슨 일이 있어도 그런 생각을 하면 안 돼.

절대로.

내 목소리가 귀에 와닿지 않을지도 모르지만

나를 믿어줘.

물론 일시적인 고통에서 벗어날 수는 있겠지.

하지만 그 뒤에는 살아 있을 때의

몇 배, 몇 십 배나 더 큰 고통에 울게 될 거야.

자신을 위해 울어주는 사람이 있다는 것을 알게 됐을 때

가슴을 치며 후회하게 될 거야.

그들에게 커다란 상처를 남겼다는 생각에

마음이 아플 거야.

다시 돌아가고 싶어서 몸부림치게 될 거야.

그러니까 무슨 일이 있더라도 반드시 살아 있어야 해.

살아서 땅에 두 발을 굳게 딛고 있어야 해.

살아서 힘을 내는 거야.

등교 거부든 뭐든 살아가는 데 필요하다면 그렇게 해.

'죽음'을 생각할 정도로 용기가 있다면
자신을 '쉬게 할 용기'도 가질 수 있는 법이니까.
그러니 힘을 내.
난 그렇게 할 줄 아는 사람이 존경스러워.
자신을 좋은 방향으로 이끌 줄 아는 사람이
진정으로 강한 법이야.
죽는다면 결코 행복해질 수 없어.
이것만은 분명해.

그래도 죽고 싶을 만큼 괴롭다면 내 말을 떠올려봐.
홀로 괴로움을 견뎌야 한다면,
아직도 그런 시간이 수없이 많이 남아 있다면,
그땐 나를 기억해줘.
나, 스이카가 네 곁에 있을게.
내가 너의 유리에가 될게.
그러니까 힘내자.
사는 게 힘들기만 하다고,
왜 살아야 하는지 모르겠다고 되뇌는 모든 사람들에게
이렇게 부탁하고 싶어.

삶의 스위치를 너무 일찍 꺼 버린 나를 대신해서
아주 '행복하게' 살아달라고.


내가 왜 여기에 있을까, 왜 태어난 걸까 하는
생각이 들 때마다 이 말을 기억해줘.
결국 사람은 사랑하고
사랑받기 위해서 태어난다는 것을…….

# 밤을 통과하지 않고는
# 아무도 새벽에 이를 수 없다

아직도 그런 소식을 접할 때가 있다. 집단 따돌림을 당하다가 스스로 목숨을 끊는 아이들의 이야기.

싫다. 이런 이야기를 들을 때마다 내가 땅으로 추락하는 것처럼 숨이 가쁘다. 슬픈 표정을 지으며 적당히 이야기를 마무리 짓는 어른들의 말도 더 이상 듣고 싶지 않다.

친구를 괴롭히는 행동은 상대뿐만 아니라 자신에게도 상처가 된다는 걸 왜 모르는지. 남의 마음에 겨누었던 창 끝은 시간이 지날수록 자신에게 되돌아오는 법이다. 그러니 자신을 존중하는 마음으로 상대방을 존중해야 하는 것이다.

그러니 제발. 마음에 상처 내는 짓은 그만두기를 바란다.

나는 열네 살에 이 책을 썼다.

여름방학 때부터 글을 쓰기 시작해서 6개월 만에 마침표를 찍었다.

이 책을 쓴 이유는 단순하다. 학생들이, 선생님들이, 부모님들이 이 책을 읽고 '집단 따돌림'의 심각성에 대해서, 지금 일어나고 있는 이 잘못된 현실에 대해서 더 깊이 생각하기를 바랐기 때문이다.

나 역시 왕따 때문에 많이 힘들었으니까.

초등학교 6학년, 막 졸업을 앞두고 있을 때였다. 학교에 이상한 소문이 퍼졌다. 소문의 주인공은 바로 나였다.

소문만으로 한 사람의 인생이 망가질 수 있다는 것을, 그때 처음 경험했다.

'미키 말이야, 중학생 선배한테 찍혔대. 같이 다니다가는 우리도 찍히고 말걸?'

근거 없는 소문이 소리 없이 퍼졌다. 초등학교 6학년이면 열세 살이다. 어린 마음에 공포로 밤잠을 이루지 못했다.

그리고 서서히 외톨이가 되었다. 단짝 친구들도 점점 나를 멀리했고 새로운 아이들은 처음부터 내게 다가오려고 하지 않았다.

선배에게 직접 맞거나 욕을 들은 것도 아닌데 이상하게도 그런 소문은 수그러들지 않았다. 오히려 이런저런 말도 안 되는 소문들이 늘어나 더 이상 걷잡을 수 없을 정도로 상황이 나빠졌다.

친구들은 나를 무시하고 먼발치에서 자기들끼리 모여 수군거리고 험담했다. 그 위력은 정말 대단해서 나는 금세 전교의 왕따가 되고 말았다.

그 이후로 나는 언제나 혼자였다.

학교에서 말 한마디 나누지 못한 채 집에 돌아오는 날들이 계속 반복되었다.

도대체 왜, 누가 그런 소문을 퍼뜨린 걸까. 혼란스러웠다. 나쁜 상황은 여전히 계속됐고 마음은 점점 더 밑바닥으로 떨어졌다. 직접 무슨 말이라도 들었다면 대책이라도 세울 텐데……

하루하루가 정말 괴로웠다.

친구들이 점점 싫어졌고 이런 나를 알아주지 않는 선생님들이 미웠다.

학교 가기가 죽기보다 싫어서 아침마다 '배가 아프다, 머리가 아프다'며 칭얼거렸다. 학교에 안 갈 수만 있다면 무슨 짓이라도 할 수 있을 것 같았다.

하지만 내게 일어나는 일을 부모님께 말씀드릴 수는 없었다. 부끄럽기도 했지만 무엇보다도 걱정을 끼쳐드리고 싶지 않았으니까. 사실을 털어놓는다면 분명 나보다 더 슬퍼하실 거라는 걸 알았으니까. 그리고 부모님께 말하더라도 그 후 별다른 해결책이 없을 거라고 생각했으니까. 이어질 아이들의 복수가 무서웠으니까.

그러나 부모님은 달랐다.

내가 입을 꾹 다물고 있는 사이 내 이상한 점들을 하나둘 눈여겨보고 계셨다.

어느 날 엄마가 나를 불렀다.

"미키, 요즘 무슨 일 있니? 얼굴이 너무 어두워. 잘 웃지도 않고. 괜찮으니까 엄마에게 다 말해봐, 응?"

나는 엄마의 따뜻한 목소리를 듣자마자 욱 하고 울음을

터뜨렸다. 그러면서 그동안 숨겨왔던 괴로운 마음들을 전부 털어놓았다.

그러자 엄마는 울면서 이렇게 말했다.

"난 네 엄마야. 엄마는 엄마로서 실격당하고 싶지 않단다."

그 말을 듣고 나 역시 펑펑 울었다. 엄마는…… 내가 엄마에게마저 진실을 숨겼다는 것에 큰 상처를 받았던 것이다. 지금도 나는 엄마의 울먹이는 목소리를 똑똑히 기억한다.

나는 엄마가 그런 말을 해주어서, 부모님이 그렇게 나를 사랑해줘서 행복했다.


그날부터 나는 사흘 동안 학교를 쉬었다.

'등교 거부'

생각했던 것처럼 엄청난 일은 아니었다.

그저 사흘 동안 머리를 텅 비우고 '앞으로의 일'에 대해 곰곰이 생각할 시간을 벌었을 뿐이다. 물론 부모님도 곁에서 함께 고민하고 생각해주셨다.

그리고 내가 학교에 나가지 않자 비로소 담임선생님이

입을 여셨다.

애들에게 나에 대한 일을 물어보고 몇 가지 당부의 말을 전했다고 들었다. 반 아이가 나중에 그 말을 전해주었다.

선생님께서 어떤 식으로 말씀하셨는지는 잘 모른다.

그리고 나를 괴롭혔던 그 소문이 어떻게 자취를 감췄는지도 잘 모른다.

하지만 사흘 후, 나는 한결 가벼운 마음으로 학교에 갈 수 있었다.

그 후에는 한두 명씩 아이들이 인사를 건넸고, 말을 걸었고, 나와 함께 등교하고 싶다는 아이까지 생겼다. 그런 변화가 일어나자 그때까지 죽고 싶었던 마음이 눈 녹듯 사라져 버렸다.


마리야, 그땐 정말 고마웠어.

지금도 나는 생각한다.

그냥 학교가 싫어서 쭉 쉬는 건 좋지 않다고. 그건 도망치는 행동이니까. 그러나 만약 열심히 살기 위해서, 혹은 지금까지 꿋꿋하게 살아왔던 자신에게 조금 쉬는 기회를 주는 거라면 괜찮다. 도망치는 시간으로 삼지 말고 다시 일어서는 기회로 삼아야 한다. 그러면서 앞으로의 자신에 대해, 자신이 해야 할 일들에 대해 곰곰이 생각해보면 된다. 그렇게 선택한 길이라면 어떤 결과가 나오든 결코 후회하지 않을 테니까.

다시 꿋꿋하게 학교를 다니든 전학을 가든 검정고시를 보든 괴롭히는 아이와 크게 한번 맞짱을 뜨든…… 선택할 수 있는 길은 많다. 어떤 길이든 스스로 선택했다면 결코 후회하고 싶지 않을 것이다. 물론 그렇게 하기 위해서는 진정한 휴식의 기간이 필요하다. 치유의 시간인 셈이다.

그런데 왕따의 공포는 좀처럼 없어지지 않았다.

초등학교를 무사히 졸업했나 했더니 이번엔 중학교였다.

괴롭힘은 끝난 게 아니었다. 나를 헐뜯으며 뒤에서 나쁜 소문을 퍼뜨린 애가 나랑 같은 중학교에 간 것이었다. 게다가 같은 농구부에 들었다. 그 애는 이제 정면에 나서서 나를 괴롭혔다. 꼭 요코처럼……. 스트레스를 풀기 위해 대상을 점찍어 놓고 끝없이 괴롭히면서 히죽거리는 타입이었다.

그 시간은 초등학교 때보다 더 힘들었다. 무시당하는 것은 말할 나위도 없고, 지독한 욕설과 험담이 이어졌다. 농구부에 들어가면 아이들이 소리쳤다.

"우리 팀은 세 명뿐인데 이상한 애가 한 명 더 있어!"

옆을 지나가면 내 몸에서 냄새가 난다며 '우웩!' 하고 토하는 시늉을 했다.

그렇다.

소설에 썼던 그 폭언들은 예전에 아이들이 내게 쏟아부었던 말들이다.

한번 상처 입었던 마음은 아주 사소한 일에도 흔들리는 법이다. 나는 그 지독한 일들을 겪으면서 뉴스에서 보도하는 '집단 따돌림'에 대해서 생각했다. 단순히 장난으로 끝나는 게 아니라 한 사람의 일생을 엉망진창으로 만들어버리는 그 일에 대해서.

그 아이들은 나뿐만 아니라 다른 아이들도 괴롭혔다. 특별히 상대를 정해놓지 않고 그때 그때 자신의 마음에 들지 않는 사람을 새로운 타깃으로 삼았다.

우리는 대부분의 시간을 학교에서 보내야 했기 때문에 그런 괴롭힘은 너무나 커다란 고통이었다.

괴롭힘을 당하던 애들 가운데 부모님께 그 사실을 말하는 아이는 한 명도 없었다. 나 역시 그랬다. 그러면 안 된다는 것을 알고 있었지만 또 왕따를 당한다는 사실을 말하고 싶지 않았다. 말하려고 몇 번이나 시도해봤지만 역시나 입이 떨어지지 않았다. 그래서 참았다. 일단 혼자서 잠을 수 있을 때까지 견뎌보자고 생각했다. 그리고 그 시간의 끝에서 나는 진정한 친구 한 명을 만났다.

그 아이는 용감했다. 그리고 어떤 일이 있어도 내 손을 놓지 않았다. 나는 아이들에게 괴롭힘을 당했기 때문에 오히려 선생님께 혼날 때도 있었다. 따돌림을 받다 보면 자주 정신을 놓고 있거나 해야 할 일을 못하기도 하니까. 그럴 때도 그 아이는 날 기다려주었다. 선생님과 면담을 하느라 늦게 집에 갈 때도 먼저 가지 않고 끝까지 남아서 나를 기다려주었다. 가장 힘들고 괴로울 때 그 친구는 큰 힘이 되어주었다. 내가 당했던 모든 일에 대해 그 친구는 자기 일처럼 화를 내고 분노하고 슬퍼했다.

난 그 친구를 평생 잊지 못할 것이다.

그리고 그 후에 나를 다독여준 친구들 리에, 지이, 유리, 후지에게 모두 고맙다고 말하고 싶다.

중학교 3학년 때 만났던 담임선생님께도 감사드린다.

선생님께서는 내 말에 귀 기울여주고 나를 대신해 아이들을 혼내주고 내 일에 함께 슬퍼하고 함께 기뻐해주셨다.

"그렇게 괴로우면 농구부를 그만두면 되잖아. 깊이 생각할 필요 없어. 지금은 그곳이 전부인 것 같지만 사실은 그렇지 않단다. 그 시간은 네 인생 중 극히 일부에 불과한 거란다."

선생님의 그 한마디에 난 어깨의 힘을 뺄 수 있었다. 괴로웠던 나날을 극복할 수 있었다. 좋은 친구들과 가족, 선생님 덕분에 나는 다시 일어설 수 있었다.

모두에게 고맙다고 말하고 싶다.

정말로 고맙다고. 여러분이 저를 다시 살려냈다고.

또 추억 하나가 떠오른다.

초등학교 때 내게서 등을 돌렸던 친구 두 명이 나를 찾아온 것이다. 그 애들은 2년이나 지났지만 이 말을 꼭 하고 싶다고, 미안하다고 말했다. 그때 잘못된 소문만 믿고 너를 모른 척했던 일을 용서해주길 바란다고.

나는 그런 친구들이 있었던 덕분에 힘들었던 과거를 극복하고 무사히 고등학생이 되었다. 그 후로 괜찮은 친구도 많이 사귀었고, 가고 싶었던 GLAY(일본의 유명 가수)의 콘서트도 갔다.

물론 힘들었던 그 시간을 함께했던 부모님, 친구들과는 지금도 잘 지내고 있다.

그래서 지금 난 무척 행복하다.

물론 아직도 크고 작은 다툼 때문에 친구들과의 관계가 서먹서먹해질 때도 있다. 하지만 그런 순간은 아주 잠깐일 뿐이다. 게다가 그때마다 나는 전보다 더욱 강해진 나를 발견한다.

'예전 일도 극복했는데 뭘, 괜찮아.'

그런 자신감이 뒷걸음질 치는 나를 뒤에서 붙들어준다. 그런 경험이 있었기에 이 책도 쓸 수 있었다.

난 지금도 그때 도망치지 않은 게 정말 다행이라고 생각한다. 물론 몇 번씩이나 살고 싶지 않다고 생각했다. 하지만 그건 가장 어리석은 생각이었다.

그러니 지금 힘들고 괴로워도 최악의 길로 도망치기 전에 다시 한 번 생각해보기를 바란다. 지금의 경험을 잘 이

겨내면 그것은 분명 나중에 힘이 될 테니까. 강인한 사람을 만들어 주는 힘 말이다. 모두 스이카처럼 후회하고 싶진 않을 테니까.

그리고 마지막으로 꼭 하고 싶은 말이 있다.
지금 당신이 누군가를 괴롭히려고 한다면,
제발, 제발 그만두라고.
내일도 안 돼, 지금 당장 그만둬!

나 역시 예전에는 내가 당하기 싫어서 다른 애를 희생양으로 삼은 적이 있다. 하지만 그때의 내 마음은 정말 힘들었다.  당장 괴롭힘에서 벗어날 수는 있었지만 매일 매일 나 스스로를 견딜 수가 없었다. 더 이상 자신을 사랑할 수 없었다.
그래서 결국 괴로운 마음을 부모님께 털어놓았다.
남을 괴롭히는 게 고통스러워서, 그러는 스스로가 너무 싫어서 학교에도 가기 싫었으니까.
부모님은 내 말에 크게 화를 내셨다.
자신이 당하고 싶지 않은 짓을 왜 남에게 하냐고.

그때 부모님이 호되게 꾸짖어준 것이 고마웠다.

누군가가 날 혼내주기를, 내 행동을 바로잡아 주기를 간절히 바라고 있었으니까.

지금도 나는 부모님의 말씀을 가슴 깊이 간직하고 있다. 아주 당연한 말이지만 쉽게 잊어버리기 쉬운 말. 무엇보다도 중요한 교훈을.

그때 난 매일 후회했다. 따돌림당하는 것만큼이나 하루하루 마음이 괴로웠다. 그러니까 나처럼 후회하길 원치 않는다면 지금 당장 못된 행동을 그만두길 바란다. 친구들을 자신과 똑같은 '인간'으로 봐주기를 바란다.


이제 모두에게 말하고 싶다. 자신으로부터, 주위로부터 도망치지 말라고. 살다 보면 반드시 좋은 일이 생긴다. 그것만큼은 자신 있게 말할 수 있다.

내 또래의 학생들, 앞으로 미래를 짊어지고 갈 어린 학생들, 체면을 중요하게 생각하는 어른들, 그리고 선생님들.

부디 이 책을 좋은 마음으로 받아들여주었으면 좋겠다.

다시 한 번 자신을, 주위를 넓게 바라보고 생각해보자.

마지막으로 이 책을 만드는 데 도움을 주신 분들과 이 책을 읽어주신 독자 여러분 그리고 내 주위에 있는 분들, 모두에게 사랑한다고 전하고 싶다. 정말 감사합니다.

2월의 마지막 날

하야시 미키

# 가슴으로 읽을 수밖에 없는
# 열네 살의 현실

올바른 가르침을 받고 자란 아이들이 학교에 입학해서 누군가를 괴롭히고, 누군가에게서 괴롭힘을 당한다는 사실을 어떻게 받아들일 수 있을까. 어느 부모님이 그 사실을 아무렇지도 않게 받아들일 수 있을까? 그럴 때 선생님은 어떻게 도와줄 수 있을까? 아이들이 진정으로 원하는 도움은 무엇일까?

내 단짝이었던 친구가 갑자기 모든 아이들에게서 따돌림을 받는다면 도대체 나는 어떻게 행동해야 할까?

때로는 나쁜 상황이 나쁜 행동을 만들고, 나쁜 마음을 만들기도 한다. 그럴 때 우리들은 어떻게 해야 할까?

이 책은 그런 괴로움과 고민, 마음들에 관한 이야기다.

따돌림받는 아이, 따돌림에 가담해버린 아이, 나쁜 짓인 줄 알지만 괴롭히는 걸 멈출 수 없는 아이, 혹은 죄책감도 없이 남을 괴롭히는 아이, 다음 표적이 된 아이, 그리고 결국 죽음을 선택한 아이.

누구나 이 중 하나의 입장에 설 수 있다. 아이들뿐 아니라 누구나 그렇다. 그래서 이 책을 읽는 내내 마음에 리트머스 시험지 하나를 갖다 댄 듯한 기분이 들었다.

이 책은 열네 살 어린 소녀가 썼지만 최초로 제18회 팔레트노벨상 특별상을 수상했다. 나이가 어린 만큼 문장도 어리고 구성도 약하지만 '재미있다, 재미없다' '문장력이 있다, 없다'로 이 작품을 논하는 건 그다지 의미가 없다. 학교를 떠난 지 오래된 어른들의 머리로는 도저히 그려낼 수 없는 학창시절의 절규가 눈물겹게 펼쳐지기 때문이다.

초등학교 6학년 때 반 친구들로부터 따돌림을 당하고,

중학교 농구부에서도 똑같은 일을 겪었던 어린 작가가 경험을 바탕으로 비통한 일상을 섬세하게 그렸다. 상처도, 아픔도, 절망도, 모든 것을 있는 그대로.

그렇기에 감탄을 자아내는 문장은 아니어도 마음을 움직일 만큼 강렬하다. 이 같은 생동감은 책을 읽고 난 뒤에야 비로소 '아, 이건 소설이었지!'라는 말을 중얼거리게 할 정도다. 학교 내 집단 따돌림이 심각한 일본에서는 이미 많은 학생들이 이 책을 읽었고, 애니메이션으로 만들어 상영하고 있기도 하다.

결국 어린 작가가 동세대에게 전하고자 하는 메시지는 이것이다.

'절대 집단 따돌림에 지지 말고, 무슨 일이 있어도 결코 자기 자신을 잃지 말 것.'


내 마음도 마찬가지다.

이 책이 피해자, 방관자, 가담자, 고통받는 부모님, 외면하는 선생님…… 그 모든 사람들에게 인격을 어떻게 존중해야 하고, 우리 삶의 모습이 어떠해야 하는지 알려 줄 수 있게 되길 바란다.

또한 기대하고 있다.

이 책이 단 한 명이라도, 누군가의 인생을 좋은 쪽으로 바꿔놓기를…… 진심으로 기대하고 있다.


김은희

# 미안해 스이카

**초판 1쇄 발행** 2008년 4월 14일
**개정 1판 1쇄 발행** 2011년 10월 31일
**개정 2판 1쇄 발행** 2020년 5월 29일
**개정 2판 11쇄 발행** 2024년 11월 1일

**지은이** 하야시 미키
**옮긴이** 김은희
**펴낸이** 김선식

**부사장** 김은영
**콘텐츠사업본부장** 임보윤
**콘텐츠사업10팀장** 김정택 **콘텐츠사업10팀** 이슬, 이나영, 김유리
**마케팅본부장** 권장규 **마케팅2팀** 이고은, 배한진, 양지환 **채널2팀** 권오권, 지석배
**미디어홍보본부장** 정명찬 **브랜드관리팀** 오수미, 김은지, 이소영, 박장미, 박주현, 서가을
**뉴미디어팀** 김민정, 이지은, 홍수경, 변승주
**지식교양팀** 이수인, 염아라, 석찬미, 김혜원
**편집관리팀** 조세현, 김호주, 백설희 **저작권팀** 이슬, 윤제희
**재무관리팀** 하미선, 김재경, 임혜정, 이슬기, 김주영, 오지수
**인사총무팀** 강미숙, 이정환, 김혜진, 황종원
**제작관리팀** 이소현, 김소영, 김진경, 최완규, 이지우, 박예찬
**물류관리팀** 김형기, 김선민, 주정훈, 김선진, 한유현, 전태연, 양문현, 이민운

**펴낸곳** 다산북스 **출판등록** 2005년 12월 23일 제313-2005-00277호
**주소** 경기도 파주시 회동길 490
**전화** 02-704-1724 **팩스** 02-703-2219 **이메일** dasanbooks@dasanbooks.com
**홈페이지** www.dasan.group **블로그** blog.naver.com/dasan_books
**종이** 아이피피 **인쇄** 상지사 **후가공** 제이오엘앤피 **제본** 상지사

ISBN 979-11-306-2966-7 (43830)

다산북스(DASANBOOKS)는 독자 여러분의 책에 관한 아이디어와 원고 투고를 기쁜 마음으로 기다리고 있습니다. 책 출간을 원하는 분은 다산북스 홈페이지 '투고원고'란으로 간단한 개요와 취지, 연락처 등을 보내주세요. 머뭇거리지 말고 문을 두드리세요.